Lhattie HANIEL

Feel-good Romantique & Mystérieux

Édition : BoD – Books on Demand, 12/14 rond-point des Champs-Élysées, 75008 Paris, France
Impression : BoD – Books on Demand, Norderstedt, Allemagne
ISBN : 978-23222-53388
Dépôt légal : octobre 2020
Création de couverture : Lhattie Haniel
Photographie de couverture : Pixabay

DU MÊME AUTEUR

Lady Rose & Miss Darcy, deux cœurs à prendre…
Pour que chaque jour compte, il était une fois…
Un Accord Incongru !
Violet Templeton, une Lady chapardeuse
Le Mystérieux Secret de Jane Austen
Saint Mary's Bay – Vol. 1
Saint Mary's Bay – Vol. 2
20 Secondes de Courage
Victoria Hall - Vol.1
Victoria Hall – Vol. 2
La fille qui rêve d'avoir la jambe pin-up !
Berthe, 27 ans, 1m57, 50 Kilos, rêve de rencontrer
le prince charmant (au rayon patates-aubergines !)
Une amie qui vous veut du bien
Lord Bettany
KEEP CALM & ne tombe pas amoureuse de ton boss
D'un simple signe je t'aime
Le chat de Notting Hill – Éditions PRISMA

EBOOK GRATUIT
Le livre perdu

TOUS CES TITRES SONT DISPONIBLES
AU FORMAT NUMÉRIQUE ET AU FORMAT PAPIER

Mon tendre Amour,
À vos côtés, le temps devient futile.

[…] il y a des moments dans la vie où il suffit parfois d'avoir 20 secondes de courage, juste 20 secondes d'audace et de courage et il peut en résulter alors, des choses magnifiques […]

Phrase tirée du film *Nouveau départ* de Cameron Crowe

Prologue

Paris, vendredi 7 avril 1989

Monsieur & Madame Piotr Leonidov sont heureux de vous apprendre la naissance de leur fille, Polina Larissa Tatiana Leonidov [...]

Polina était donc la première-née des enfants Leonidov. Trois ans plus tard, Masha Viktoria Mila, sa petite sœur, apparaissait à la vie au sein de cette famille russe expatriée en France depuis trois générations. De parents extrêmement fortunés, les deux sœurs sont alors élevées dans l'opulence, mais avec des règles de savoir-vivre incontournables pour leur futur épanouissement. D'un caractère déjà fort prononcé, que ces deux adorables fillettes se trouvent dotées d'une grande volonté ainsi que d'une générosité de cœur envers les personnes qui croisent leur chemin. En grandissant, elles continuent de partager l'une pour l'autre un amour fraternel incommensurable, et, dès lors qu'elles se retrouvent dans le même établissement privé, Polina fait en sorte de veiller ardemment sur sa petite sœur. C'est ainsi qu'un après-midi dans la cour de récréation, Polina sauva Masha d'une petite querelle qu'elle avait elle-même déclenchée auprès de Vadim Volochenko. Âgé de trois ans de plus que Polina — bien que celle-ci soit vraiment grande pour son âge —, Vadim jouait au rebelle devant ses copains de classe. Cependant, cela n'impressionna absolument pas la sœur de Masha qui n'avait pas sa langue dans sa poche. Après avoir été remis à sa place par celle-ci, Vadim finit par se rendre compte de la fille qui lui faisait front. Il la trouva si belle, avec ses joues toutes rougies, que son cœur manqua un battement. C'est d'ailleurs à cet instant précis qu'il tomba follement amoureux de Polina et c'est durant cette même seconde que celle-ci se sentit follement attirée par la beauté émanant de ce garçon qui la tenait toujours en vis-à-vis du regard. Durant ces quelques secondes, l'audace envahit Vadim. Assez pour qu'il s'approchât d'elle et qu'il lui sourit de toutes ses belles dents blanches en se présentant. Mais, sans savoir pourquoi, Polina lui laissa entendre uniquement son troisième prénom avec un petit reniflement de suffisance avant de le prendre au dépourvu en tournant les talons. Durant l'heure suivante, Polina conserva ses rougeurs au visage à cause de son cœur qui continuait de battre la chamade sous sa mince poitrine, qui lui faisait défaut au vu de son jeune âge, tandis que Vadim, malgré cet affront, se sentait le cœur plus papillonnant que jamais pour cette jolie blonde conquérante. C'était la première fois qu'une fille lui tenait tête avec une telle arrogance, et celle-ci promettait clairement d'être la femme qui lui volerait le cœur plus tard.

Si cela n'était pas déjà fait…

Les mois s'écoulèrent voyant les métamorphoses de leur personnalité, de leur corps et de leur cœur. Polina et Vadim devinrent indéniablement attirés l'un vers l'autre malgré leur jeune âge. Et dès lors qu'il posa pour la première fois ses lèvres sur celles de Polina, jamais plus il ne s'arrêta. Elle était la première fille qu'il embrassait et il comptait bien à ce qu'elle fut la dernière. Mais il prit garde de ne pas se faire surprendre par les sœurs de l'établissement dans lequel ils poursuivaient tous deux leurs études. Vadim était boursier et comptait bien terminer ses études sans se faire exclure pour mauvaise conduite. Mais il ne pouvait s'empêcher d'embrasser Polina qu'il préférait prénommer *Tania*, le diminutif de son troisième prénom, celui-là même avec lequel elle s'était présentée à lui la toute première fois. Aussi, dès que Polina atteignit l'âge de quatorze ans, elle demanda à Vadim, qui allait fêter ses dix-sept ans, de bien vouloir l'attendre et de l'épouser lorsqu'elle serait en âge d'être sa femme. Fortement amoureux, Vadim lui en fit la promesse. Les années virent alors leur amour grandir à l'insu de tout le monde et, surtout, de leurs parents respectifs. Puis, à quelques mois de fêter ses dix-huit ans, Polina songea que c'était le moment parfait pour présenter Vadim à son père et ainsi vivre leur amour au grand jour. Mais Piotr Leonidov ne l'entendit pas de cette oreille. Il jugea aussitôt mal venue cette fréquentation qu'il estimait trop peu élevée pour sa fille aînée qu'il destinait à un plus grand avenir. D'un caractère autoritaire et n'ayant jamais accepté d'être contredit, il ne prit même pas la peine de rencontrer Vadim et fit en sorte de l'écarter pour toujours de la vie de sa fille. Malgré l'époque révolue des mariages arrangés, la pauvre Polina se retrouva ainsi promise à M. Levkine, un homme beaucoup plus âgé qu'elle, sans pouvoir y redire quoi que ce soit. Sa mère Sofiya — alors âgée de trente-quatre ans — essaya bien de raisonner son mari afin qu'il revienne sur sa promesse, mais celui-ci ne voulut rien entendre à ses propos. Il était l'homme de la maison et c'était lui qui décidait de ce qu'il s'y passait. D'autant qu'il avait une réputation à tenir dans le milieu aisé qu'il fréquentait et l'image qu'il se devait de donner aux médias était celle d'une famille aisée avec des enfants bien lotis. Or, Vadim Volochenko était pour lui tout le contraire, étant issu d'une modeste famille d'immigrés, dont le père n'était venu en France que pour trouver du travail. Polina avait tenté d'expliquer à son père que Vadim n'était pas l'être médiocre qu'il s'imaginait, mais plutôt un excellent étudiant depuis le primaire, et une personne droite qu'elle était très fière d'aimer et d'en être aimée en retour. Mais Piotr Leonidov ne voulut rien entendre de la vie de Vadim et ne savait donc pas qu'il avait quitté la Russie à l'âge de deux ans avec sa mère pour rejoindre son père en France où ils étaient tous, depuis, devenus des citoyens légaux. Il ne pouvait donc pas avoir connaissance que cela faisait maintenant plus de dix-huit ans que Vadim y vivait entouré de ses parents aimants. Il ne pouvait pas savoir également que Vadim parlait le français couramment ainsi que le russe et l'anglais et réussissait tout ce qu'il entreprenait. Qui plus est, Polina avait tenté une fois de plus d'apprendre à son père qu'au fil des ans, Vadim avait perdu son accent maternel et venait de rentrer en première année de médecine avec une année d'avance. Cependant, le père de Polina ne voyait là qu'un petit arriviste voulant mettre la main sur la fortune de sa fille. Pour lui, Vadim Volochenko ne correspondait en rien aux attentes de ce père bien trop exigeant et aux ambitions élevées qu'il avait planifiées pour sa progéniture. Malheureusement, Piotr Leonidov ne se rendit pas compte, un seul instant, qu'il brisait ainsi le cœur de sa première-née. Vadim aussi eut le cœur brisé et demeura inconsolable. Surtout, lorsqu'il lut dans un quotidien l'annonce prochaine du mariage de Polina et de M. Levkine, un célibataire qui se trouvait en affaires avec le père de la jeune femme. Piotr Leonidov voyait en cet homme, le gendre parfait. M. Levkine était aisé et avait hérité à ses dix-huit ans d'une société portant son nom comme Piotr Leonidov en avait lui-même hérité au même âge. Cet homme appartenant donc au même monde que la famille Leonidov, le père de Polina y voyait là l'opportunité de lui faire épouser sa fille sans que personne ne vienne compromettre ses plans. Évidemment, Polina s'offusqua devant l'intention ferme de son père de la marier à tout prix avec M. Levkine, et lorsqu'elle apprit l'âge avancé de celui-ci, elle souhaita *presque* mourir et même s'il n'y avait pas eu ces trente ans d'écart entre eux, elle n'aurait jamais pu envisager de l'épouser. C'est Vadim qu'elle aimait.

N'ayant plus l'autorisation de revoir sa belle et n'ayant pu tenir la promesse qu'il lui avait faite de l'épouser, Vadim finit par quitter la France en coupant les ponts avec sa vie passée excluant même ses propres parents du futur auquel il se destinait. Il s'expatria en Russie où il poursuivit ses études de médecine. Durant toutes ces années, Polina vit plusieurs fois toutes les saisons passer sans son retour. Leurs cœurs continuaient de battre à l'unisson, mais seulement dans les abîmes de contes impitoyables tels ceux des *mille et une nuits*... Vadim ne donna pas plus de nouvelles à Polina qu'à qui que ce soit, même lorsqu'il devînt un brillant chirurgien. Diplômé avec mention, il avait travaillé dans de beaux endroits et était devenu un homme plus mûr. Durant toutes ces années, il avait pensé que seul le temps le guérirait de ses blessures. Mais ce n'était pas vrai. Le temps était parfois cruel, car malgré cette longue période passée loin de Polina, Vadim avait toujours le cœur brisé comme au premier jour. Il fit toutefois quelques brèves rencontres sans lendemain jusqu'au jour où il rencontra une femme, Moïsha, lorsqu'il intégra le service d'une grande clinique privée de chirurgie esthétique du Qatar. Cette femme était infirmière et était plus âgée que lui. Elle lui tourna aussitôt autour et elle eut assez d'audace pour s'attirer ses faveurs. Moïsha réussit à l'attraper dans ses filets, assez pour qu'il s'engageât envers elle. Quelques mois plus tard, Vadim l'épousait. Celui-ci songea alors qu'il était peut-être temps pour lui de retourner en France et de présenter son épouse à ses parents. D'autant qu'il ne supportait plus de soigner de riches clients plutôt que des patients. Son retour auprès des siens fut heureux. Il se rendit compte que les bras de ses parents lui avaient autant manqué que les traits de leurs visages. La joie semblait avoir enfin envahi son cœur. Mais celle-ci fut de courtes durées lorsque sa mère lui annonça, au cours d'une discussion banale, que Polina Leonidov ne s'était jamais mariée avec M. Levkine. Vadim crut se briser pour la seconde fois de sa vie. Mais par respect pour son épouse, il contint, difficilement certes, sa douleur. Sa mère, sans se rendre compte du combat déplaisant qu'il menait contre ses propres émotions, lui raconta alors que M. Levkine avait été surpris en flagrant délit d'infidélité par des paparazzis, et ce, à quelques jours de ses noces. Polina avait rompu aussitôt ses fiançailles sans que son père vienne y redire quoi que ce soit. Seulement, la chose qui n'avait pas été mentionnée dans les journaux était que Polina n'avait pas eu le cœur brisé.

Elle l'avait déjà…

Vadim n'en fut que des plus malheureux d'apprendre ces faits. Il songea alors que c'était uniquement sa faute s'il ne l'avait pas épousée, car il s'était éloigné d'elle en se sauvant ainsi. S'il avait eu comme dans son enfance, ces vingt secondes de courage, il aurait pu affronter Piotr Leonidov et vivre avec celle qu'il aimait. Mais parfois, lorsque l'innocence de l'âge n'est plus, il est plus difficile d'affronter ses peurs. Et désormais, leurs sorts étaient fixés.

Ils ne pourraient plus jamais être ensemble…

Durant son absence, Polina avait grandi, avait mûri et était devenue la directrice générale des industries Leonidov — direction que lui avait offert son père, à ses côtés. Elle y travaillait avec ardeur et à l'aube de ses vingt-sept ans, elle menait son personnel d'une main de maître. Elle avait fait durant ces très longues années, quelques rencontres masculines, mais pas de quoi lui emporter le cœur comme Vadim.

Plusieurs semaines s'étaient écoulées depuis que Vadim avait été mis au parfum par sa mère de cette horrible nouvelle, qui lui dévorait un peu plus, le cœur, chaque jour. Pourtant, il ne s'était pas autorisé à revoir Polina. Il était évident qu'il ne pourrait pas supporter de la revoir tout en sachant que jamais elle ne lui appartiendrait. Alors, afin de ne pas la croiser, il s'était plongé dans ce qu'il faisait de mieux : opérer et soigner. Quant à sa femme, après deux mois passés à ses côtés, elle avait décidé de ne plus travailler dans son service. Il est clair que Moïsha n'avait pas épousé son mari pour l'attention qu'il lui réservait. Le luxe dans lequel elle vivait depuis leur union couvrait largement ce manque d'attention qu'il avait toujours eu à son égard. Cependant, Moïsha avait besoin d'action autour d'elle et en travaillant avec son époux, cela lui était impossible. D'autant qu'elle trouvait les médecins français bien plus amusants que ceux rencontrés au Qatar. Vadim, depuis leur retour en France, était devenu la plupart du temps absent, nerveux et son visage semblait être marqué à jamais par une affliction qu'elle ne s'expliquait pas. Moïsha avait catégoriquement changé d'hôpital et ne travaillait donc plus avec Vadim qu'elle supportait de moins en moins tant il n'était que peu présent lorsqu'il se trouvait avec elle sous le toit de leur demeure. Non pas que Vadim l'ait habituée à lui laisser entrevoir ses propres émotions, mais plutôt parce que, justement, il en était totalement submergé. Elle ne reconnaissait pas l'homme qu'elle avait épousé quelques mois plus tôt. Celui-ci semblait être marqué par une chose très profonde, ancrée dans son cœur, et dont il ne s'en était jamais ouvert auprès d'elle. Si bien qu'elle n'avait aucune idée de ce qui rendait si mélancolique son mari. Si une seule personne avait pu comprendre Vadim et lire en lui tel un livre ouvert, celle-ci aurait été, sans nul doute, Polina. Mais Moïsha ne connaissait rien du passé de Vadim et il n'avait aucune intention de l'éclairer à ce sujet.

Au fil des semaines, et après une décision commune, tous deux en avaient été réduits à se rendre à un rendez-vous hebdomadaire chez un thérapeute spécialisé dans les problèmes conjugaux. Il en était ressorti qu'avoir un enfant les aiderait grandement dans la consolidation de leur couple. Pourtant, Moïsha n'arrivait pas à tomber enceinte. Un doute s'immisça dans l'esprit de Vadim et il se persuada aussitôt que le problème venait exclusivement de lui, comme si ce fait était une évidence. À l'insu de son épouse, il fit des tests qui s'avérèrent malheureusement positifs. Les résultats, qui étaient tombés comme un couperet, annonçaient qu'il ne pourrait jamais procréer. Il avait décidé de garder cette information pour lui seul et de n'en parler ni à Moïsha ni à personne d'autre. Il avait besoin de temps pour digérer cette mauvaise nouvelle. Son couple battait déjà de l'aile et il ne voulait pas rajouter d'huile sur le feu. C'est avec le cœur serré qu'il songea qu'il avait dû faire quelque chose de grave dans une autre vie pour être ainsi puni dans celle-ci !

Chapitre 1

Paris, jeudi 7 avril 2016

C'était un soir de pleine lune. *La luna del Cacciatore*[1] telle que le lui disait si bien de son vivant son grand-père italien lorsqu'il lui racontait, dans sa jeunesse, des histoires de loups-garous. C'est donc dans cette nuit particulièrement lumineuse qu'Alexandre de Lacy arriva devant l'entrée du parking souterrain que lui avait indiqué Cécilia, sa petite sœur. S'apercevant que les barrières d'entrées et de sorties étaient relevées, il engagea son véhicule jusqu'au niveau -1, lieu où débutaient les premières places de parking. Il stationna sur l'une d'elles et arrêta son moteur avant de descendre de sa voiture avec une certaine nonchalance.

— Une BMW avec des vitres teintées, ce n'est pas si courant tout de même ! s'interloqua-t-il, en balayant du regard les quatre véhicules qui y étaient garés.

Il s'avança un tantinet avant de s'arrêter, le regard froncé :

---

[1] En italien dans le texte : *La lune du chasseur*

— Saperlipopette ! s'exclama-t-il du juron préféré de sa défunte grand-mère, en s'apercevant qu'il y avait deux véhicules avec cette particularité.

Voilà où Alexandre de Lacy se retrouvait après avoir écouté sa petite sœur, une heure plus tôt. Il était rentré très tard de son travail et l'avait trouvée en pleurs sur les marches du perron de la demeure familiale, lieu de résidence où ils vivaient ensemble. Cécilia lui avait raconté qu'elle avait fait une bêtise en montant dans la voiture d'un garçon qu'elle connaissait à peine, après l'avoir rencontré le soir même à la sortie de la patinoire aux alentours de 22 heures.

Chose qu'Alexandre détestait lorsque sa sœur sortait le soir et surtout sans l'avoir prévenu auparavant.

Puis elle avait poursuivi son explication en lui disant qu'elle avait découvert qu'il était un dealer avant de se sauver de sa BMW en arrivant dans ce parking. Seulement, voilà ! Cette inconsciente avait fait tomber son portefeuille dans le véhicule de ce voyou avec tous ses papiers et surtout avec les clés de la maison accrochées dedans. Ne s'en étant aperçue qu'arrivée devant la porte, elle s'était mise à pleurer, la peur au ventre. Alexandre, fort protecteur avec son unique petite sœur âgée de dix-sept ans, l'avait rassurée en lui disant qu'il s'en occupait immédiatement. Il aurait très bien pu s'en référer à la police, mais après la journée chargée qu'il venait de passer au travail, il n'avait pas eu l'intention de passer des heures au commissariat de son arrondissement pour déposer une main courante. D'autant qu'il n'aurait pas été certain, durant tout le temps de sa déposition, que le véhicule de ce brigand soit encore stationné dans ledit parking. Il s'était alors lancé dans cette *mission*, sans vraiment prendre le temps d'y réfléchir auparavant…

— Alors, laquelle est-ce ? se demanda-t-il en se frottant le menton, là où une barbe naissante avait fait son apparition depuis le dernier rasage du matin.

Sans prendre le temps de s'assurer qu'il choisissait bien la bonne voiture, il opta pour celle qui avait le plus de vitres teintées. D'un pas alerte, il s'y dirigea tout en sortant de sa poche un petit réglet métallique qu'il avait récupéré dans son attaché-case avant de partir de chez lui. C'était sa défunte mère qui le lui avait offert lorsqu'il avait entamé ses études pour devenir architecte. Elle y avait fait graver quelques mots destinés uniquement à son fils tant adoré et cela faisait plus de dix ans que ce petit objet accompagnait Alexandre dans son quotidien. Aussi, dès que sa sœur lui avait dit qu'il devrait peut-être être obligé de forcer la portière d'un véhicule, il s'était dit qu'il pourrait sans doute s'en servir pour ouvrir celle-ci, si le propriétaire de la BMW n'acceptait pas de lui rendre les papiers et les clés de sa sœur, ou bien, surtout, s'il ne se trouvait pas dans son véhicule. C'est pourquoi il l'avait pris avec lui. Toutefois, au moment de se prêter à cette stupidité, il hésita à le poser contre la vitre avant, d'une teinte aussi noire que celle de l'arrière, en vue de débloquer ainsi le système d'ouverture. Alors qu'il prenait une nouvelle inspiration avec une grande hésitation à se lancer dans cette fripouillerie, Polina Leonidov, la propriétaire dudit véhicule, fit son apparition le surprenant par-derrière. Dès qu'elle avait vu cet homme penché sur sa voiture, elle s'était approchée de lui sur la pointe des pieds pour ne pas faire de bruit avec sa paire de hauts talons Gucci, l'un des cadeaux que sa mère lui avait fait livrer, ce jour à son bureau, pour ses vingt-sept ans.

— Je vous conseille d'arrêter immédiatement ce que vous êtes en train de faire, lâcha-t-elle d'une voix ferme, malgré un certain malaise qui la saisissait. J'ai un taser pointé droit sur vous, le menaça-t-elle.

Alexandre, surpris, leva les mains tout en laissant tomber sur le sol, dans un petit bruit métallique, son réglet. Il se détourna pour regarder de face cette femme dont il s'aperçut qu'elle le menaçait réellement avec un taser.

— *Saperlip !* songea-t-il d'une moitié de juron tant l'engin paraissait démesuré dans sa main délicate.

D'ailleurs, il se fit la rapide réflexion d'où elle avait bien pu le sortir, car elle n'avait pas de sac à main, mais uniquement une jolie petite pochette coincée sous son bras gauche.

— Que pensiez-vous pouvoir faire avec cette règle sur ma Mercedes, dernier cri ?

— Une Mercedes ? répéta-t-il surpris. *Imbécile !* se tonna-t-il en silence en penchant la tête sur la calandre dont l'étoile reluisante de la marque prenait toute la place centrale.

Alexandre avait bien vu la BMW qui faisait front à ce véhicule. Mais comme sa sœur lui avait parlé de vitres teintées, il s'était dirigé, à tort bien sûr, vers celle qui en possédait le plus, et ce, sans prendre le temps de vérifier la marque. Et voilà qu'il se retrouvait pris en flagrant délit de vol. La honte ! Cependant, il lui fallait se sortir de ce pétrin sans se faire arrêter et surtout sans se faire taser ! Ce qui en soi n'était pas encore gagné…

— Alors ?

Il ne lui fallut que quelques secondes d'audace pour lui répondre.

— *Ch*e vous prie de bien *f*ouloir excu*z*er mon a*tit*ude, Madame, dit-il en imitant l'accent allemand. *Z*e n'est pas *z*e que vous *g*royez.

— Pas ce que je crois ! rétorqua-t-elle surprise tout de même par son accent.

— *V*oui, Madame ! *Z*'est une regre*t*able erreur, *ch*e vous *zaz*ure, poursuivit-il d'une même intonation en se demandant bien lui-même d'où cet accent pouvait provenir, alors qu'il n'y avait eu dans les souches de ses ancêtres, que des Français et des Italiens.

— Eh bien, voyons ! Une regrettable erreur ! répéta-t-elle en se rapprochant un peu plus vers lui tout en le maintenant en joue.

Alexandre ne parlait plus et se demandait bien comment il allait se sortir de cette situation. C'est alors que le néon qui n'arrêtait pas de cligner au-dessus de sa tête décida enfin de rester allumé. Polina aperçut soudain son visage et quelque chose la frappa en plein cœur : une douleur forte, mais plaisante. Cet homme était à tomber à la renverse ! Elle ressentit aussitôt quelques frissons traverser son corps et elle ne put, au passage, s'empêcher de lâcher quelques jurons pour elle-même.

— *Punaise ! Mer…credi ! Pour une fois que je tombe sur un homme plaisant, il faut que celui-ci soit un brigand ! Et de surcroît, un brigand allemand incapable de faire la différence entre une BMW et une Mercedes. C'est un benêt !*

Alexandre toussota et Polina se ressaisit. Difficilement, certes ! Mais cela était fortement conseillé en cet instant. Il lui fallait jouer la prudence, on ne sait jamais. Heureusement que Constant, son ami d'enfance, avait insisté pour qu'elle conserve sur elle ce taser depuis qu'elle avait fait l'objet d'un braquage dans la rue à l'arme blanche par deux jeunes filles qui semblaient tout à fait innocentes. Alors, ce n'est pas parce que cet homme était remarquablement attirant qu'elle ne devait pas se méfier de lui.

Bien au contraire…

Elle le fixa et s'aperçut que ses yeux avaient une brillance qu'elle qualifia aussitôt d'attirante. Et voilà qu'il se mettait même à rougir ! Il était encore plus plaisant avec cette particularité qui donnait envie à Polina de le protéger plutôt que de l'assaillir. C'est alors qu'elle songea brièvement à Vadim, le seul qui lui avait volé le cœur. Elle secoua la tête comme pour le chasser de son esprit et fixa l'homme qu'elle avait devant les yeux. Elle n'arrivait pas à l'imaginer aussi stupide qu'il venait de s'en donner l'air. Et elle avait bien l'intention d'en avoir le cœur net.

— Alors ? Vous comptiez vraiment ouvrir mon véhicule avec ceci, dit-elle en frappant du regard le sol où se trouvait toujours le réglet.

— *V*oui, lâcha-t-il d'un air penaud.

— Vous avez regardé quoi ? Les experts Miami ! dit-elle avec une intonation anglaise.

— Non ! L'a*v*aire Thoma*z* Grown, lâcha-t-il sans réfléchir, toujours affublé de son effroyable accent allemand.

Voilà que son voleur avait les mêmes références qu'elle en matière cinématographique !

— Je n'ai jamais vu Pierce Brosnan se servir d'une règle dans ce film, rétorqua-t-elle, mi-sérieuse mi-moqueuse.

Voilà que cette femme menaçante et incroyablement belle lui balançait au visage ses connaissances sur un film qu'il appréciait grandement. Un coin de sa bouche se transforma en demi-sourire qu'il préféra contenir tout en se disant :

— *Une femme selon mon cœur…*

D'ailleurs, celui-ci s'accéléra un tantinet plus qu'il ne l'était déjà. Dans d'autres circonstances, Alexandre lui aurait proposé un verre ou bien un dîner. Ou peut-être pas tant il était d'une timidité extrême. Surtout, qu'il avait plutôt intérêt à ne pas s'engager sur cette voie-là, s'il n'était pas certain de faire mouche, car elle, elle ne le raterait pas ! Et en la voyant ainsi, avec le bras tendu dans sa direction qui le maintenait toujours en joue, il n'eut aucun mal à se le rappeler.

— Que *v*e*ss*ons-nous alors ? dit-il en se passant, avec un naturel incroyable, une main dans sa chevelure d'une belle couleur châtain.

Cette façon de parler et de se mouvoir donna

quelques émotions plus profondes à Polina qui se tortilla sur ses hauts talons. Soudain, elle secoua frénétiquement la tête de droite à gauche, car sa main qui tenait le taser trembla. Juste à temps, elle retira son pouce du bouton tout en le conservant juste au-dessus. Soudain, tout alla très vite. Alors qu'il ne pleuvait absolument pas dehors, la foudre s'abattit sur le bâtiment. Toutes les lumières autour d'eux grillèrent d'un seul coup dans des éclats, tel un feu d'artifice, avant que les lampes de secours ne prennent concomitamment le relais. Dans un même temps, la résonance de la foudre tombant sur l'immeuble prenant par surprise Polina, celle-ci poussa un très long « non » tout en écarquillant ses magnifiques yeux, imitée par Alexandre lorsqu'il distingua les deux fils électriques du taser se propulser vers lui. Ensuite, plus rien…

Polina continua de fixer Alexandre. Celui-ci resta allongé et inerte sur le sol, tandis que des lumières se rallumaient plus loin, les laissant toujours dans une petite obscurité. Polina jeta par terre son taser et se dirigea précipitamment vers Alexandre. Il semblait ne plus respirer. Elle n'avait jamais suivi de cours de sauvetages, alors, que devait-elle faire ? Après l'avoir légèrement secoué, elle opta pour lui faire du bouche-à-bouche et elle s'essaya même dans un massage cardiaque. Auparavant, elle lui dégrafa le col mao de sa chemise d'un blanc immaculé tandis qu'elle se faisait, dans un même temps, la réflexion à voix haute qu'il était bien trop habillé pour commettre un vol.

— Merdeeeeuu ! s'écria-t-elle en posant ses mains

sur son torse. Réveillez-vous !

Elle poursuivit ses massages et son bouche-à-bouche encore de longues minutes.

— Vous ne pouvez pas mourir, pas maintenant ! continua-t-elle de grogner. Vous êtes trop beau pour cela !

Après un ultime massage qui n'avait servi à rien du tout, puisqu'Alexandre n'avait pas fait d'arrêt cardiaque, mais s'était simplement évanoui, Polina s'apprêta à reposer ses lèvres sur les siennes. Alexandre ouvrit les yeux au moment même où elle effleurait sa bouche. Ils se fixèrent égarés tous deux dans de surprenants émois. Alexandre avait l'impression d'avoir été plongé dans un rêve cotonneux. Son esprit était ailleurs, certainement à cause de cet assaut. Il se sentait égaré et à la fois protégé en ressentant le corps chaud de Polina, si près du sien. Quant à Polina, ses pensées étaient d'un tout autre acabit ; plus vibrantes, plus d'ordre sensuel, plus... Elle avait le regard plongé dans le sien et sa bouche si proche de la sienne, qu'elle ne put résister à la tentation de la rapprocher davantage. Alexandre se laissa embrasser avec toute l'ardeur de la jeune femme avant de l'enlacer dans ses bras et de l'étourdir avec le baiser qu'il finit par lui donner. La bouche de Polina avait le goût sucré d'un bonbon à la menthe. Celle d'Alexandre, d'un bonbon à la fleur de violette...

Dans cette étreinte, Alexandre s'était retrouvé allongé sur elle. Alors, comme s'il se réveillait, il se rendit compte qu'il n'était pas en train de rêver. Il se détacha de ses lèvres en lui maintenant doucement les épaules, puis il se releva, soudain gêné par l'ambigüité de la situation. Polina était encore tout étourdie par cet échange surtout lorsqu'il l'aida à se relever en lui tendant une main avec élégance. Une fois debout, Polina vacilla quelque peu vers lui. Elle avait indéniablement encore envie qu'il l'embrasse.

Jamais personne ne l'avait embrassée ainsi. Bon, peut-être que Vadim l'avait déjà embrassée de cette façon, mais cela faisait si longtemps qu'elle n'en avait plus vraiment le souvenir.

Alexandre aussi chancela subrepticement vers elle, d'autant qu'il maintenait toujours sa main dans la sienne, la recouvrant entièrement. Mais après quelques secondes dans ce face à face chargé d'émotions fortes, mais silencieuses, Alexandre se détourna d'elle avec un petit salut de la tête, toujours sans un mot. Il s'en alla récupérer son petit réglet délaissé sur le sol et sans prendre la peine d'essayer de récupérer le portefeuille de sa sœur, il se dirigea vers son véhicule qu'il avait garé tout près de là.

— Et c'est tout ! s'exclama Polina en se rapprochant de lui.

Alexandre la regarda en secouant légèrement la tête comme s'il ne pouvait pas faire demi-tour pour aller l'embrasser à nouveau.

Alors qu'il en mourrait d'envie !

Mais il avait peur que cela ne le mène nulle part, et qu'il souffre encore, tels les mois passés. Polina s'arrêta à un pas de lui.

— Je vous sauve la vie et c'est ainsi que vous me

remerciez ? l'interrogea-t-elle, en hésitant à se rapprocher un peu plus près de lui.

Il était beaucoup plus grand qu'elle et, après un demi-tour sur place, il n'eut aucun mal à la jauger.

— Zauvé la vie ! rétorqua-t-il toujours avec son accent ridicule. Prezque ôtée, non ? ajouta-t-il en relevant ses sourcils qui marquaient avec tant de beauté son regard vert-clair.

Polina n'apprécia que peu de se faire remettre à sa place, avec une telle nonchalance, par un homme qui semblait si parfait et qui lui plaisait tant. Elle avait tellement l'habitude de se faire respecter dans son travail auprès de son personnel et encore plus par les hommes qui l'entouraient, qu'elle se sentit quelque peu piquée.

Si seulement elle avait pu un seul instant se douter qu'Alexandre était aussi peu sûr de lui dans sa vie personnelle qu'il était le meilleur dans son travail, l'architecture ! Dans sa vie professionnelle, il n'y avait aucun doute, tout lui réussissait ! Mais pour le reste, c'était tout à fait autre chose… Il allait bientôt avoir vingt-sept ans, mais aucune femme ne partageait son quotidien. Il avait bien eu une amie, mais après deux années de vie commune, l'échec avait frappé à la porte de leur duplex et Alexandre s'était retrouvé seul dans celui-ci pendant des mois. Puis, à la mort subite de ses parents, il avait déménagé pour reprendre la demeure familiale afin de ne pas perturber sa petite sœur dont il était devenu le tuteur légal. Pourtant, il y avait un an de cela, il avait cru rencontrer la femme de sa vie. Enfin, c'était celle d'une année. Unique année durant laquelle

Ingritte n'avait pas arrêté d'être jalouse de Cécilia et vice-versa. Alors Alexandre avait préféré rompre en se disant qu'il attendrait que sa petite sœur soit devenue plus adulte pour enfin songer à vivre sa vie d'homme. Et depuis, il n'avait laissé aucune femme lui chavirer le cœur. À tout le moins, durant les mois passés. Cependant, cela n'était plus vrai. Cette femme dans ce parking venait de s'employer à le faire. Il avait l'impression d'être à son premier rendez-vous et s'était senti rougir comme un adolescent de quinze ans. L'émoi qui le saisissait encore était si fort, qu'il avait l'impression qu'il risquait de mourir s'il se décidait à revivre cet échange. Resté silencieux, il resongea à ce baiser qu'ils venaient d'échanger. Il avait encore un léger goût de menthe dans la bouche et cette saveur lui titillait, avec caprice, le palais tant il ne voulait pas la perdre. Pourtant, avant cet instant, il avait toujours eu peu d'attrait pour la menthe sous toutes ses formes et appréciait plus particulièrement les bonbons à la fleur de violette que sa grand-mère lui avait fait découvrir dès lors qu'il eut assez de dents pour les croquer. Mais voilà qu'Alexandre recherchait mentalement à sentir cette effervescence mentholée qu'il avait adoré éprouver dans la bouche de cette femme. Il ferma fébrilement les yeux au souvenir de ses lèvres pulpeuses, de la tiédeur de sa bouche, de la douceur de sa langue, de ses rondeurs attirantes ainsi que de son corps si souple qu'elle lui avait laissé enlacer sans retenue.

Polina, restée vexée par ses dernières paroles, le fixait toujours en silence, le regard contrarié. Alexandre se trouvait toujours plongé dans ses pensées et ne semblait pas vouloir poursuivre un quelconque échange, qu'il soit vocal ou bien physique. Ce qui déplut à Polina qui mourrait d'envie de recevoir un autre baiser de sa part. Voyant qu'il ne daignait pas lui parler, elle s'exclama avec un sourire en biais et le regard plissé prêt à faire feu :

— Fort bien ! Puisque notre discussion est close, eh bien ! Eh bien ! répéta-t-elle complètement hors d'elle. Eh bien…soit ! s'exclama-t-elle tout en réajustant la veste de son tailleur avant de se décider à retourner finalement vers sa Mercedes.

Sans un mot, tant il se trouvait fébrile, sûrement à cause de cette perte de connaissance, Alexandre ouvrit la portière de sa voiture en poussant un long soupir. Polina lui lança un dernier regard par-dessus son épaule quand, soudain, elle s'aperçut qu'il venait de s'installer au volant d'un beau véhicule.

— Une Aston Martin ! C'est une blague ! s'époumona-t-elle en bipant sa Mercedes, tout en se demandant qu'est-ce qu'il aurait bien pu lui voler dans son véhicule qu'il ne pouvait avoir déjà, tant il respirait la richesse ?

Elle songea alors qu'il était peut-être un espion industriel. Bon, le fait qu'elle soit Russe lui donnait peut-être ces idées d'espionnage !

Polina ressortit précipitamment de sa rêverie lorsqu'elle entendit Alexandre démarrer le moteur de son bolide. Elle démarra également en trombe le sien, afin de le rattraper. Alexandre passa la barrière de sortie qui était toujours ouverte, suivi de près par le véhicule de Polina. Ils roulèrent ainsi, l'un derrière l'autre, dans une rue en sens unique dans laquelle Polina se trouva agacée de ne pouvoir doubler Alexandre. Celui-ci marqua tranquillement un arrêt au stop, ce qui titilla un peu plus l'humeur de Polina. Puis, la voie se dédoubla et Polina se dégagea de l'arrière du véhicule d'Alexandre afin de se placer à ses côtés, en veillant à rester à sa hauteur. Ils arrivèrent en même temps au feu tricolore qui indiquait la couleur rouge et s'immobilisèrent côte à côte. Polina descendit sa vitre et fit gronder un coup son moteur, tout en prenant soin de jeter un petit regard de biais à Alexandre. Pour une raison dont celui-ci ne semblait pas avoir la réponse, lui qui était d'habitude si maître de lui et si discret, il répondit à cet appel. Il donna deux à-coups sur la pédale d'accélération tout en relevant ses sourcils avec un étonnement fort agaçant pour Polina. Voilà qu'il décidait d'accepter son appel et la bravait ! Tous deux guettèrent le feu tricolore et dès que celui-ci passa au vert, ils s'engagèrent sur une courte course jusqu'au prochain feu rouge. Heureusement qu'à deux heures du matin, la circulation était très fluide pour ne pas ainsi dire, absente. Polina arriva la première au feu tricolore suivant. Cependant, Alexandre n'avait pas appuyé à fond sur son accélérateur... Tous deux à nouveau à l'arrêt, ils échangèrent un surprenant regard, en se plongeant chacun dans les yeux de l'autre. Puis, Polina donna un nouvel à-coup sur la pédale d'accélération comme précédemment avant que le feu ne passe au vert. Avec un sourire mutin, elle démarra en trombe... Mais Alexandre attendit que le feu tricolore change de couleur pour redémarrer. Il accéléra en passant de courts rapports, ce qui lui permit de la doubler sans aucun problème. Arrivé le premier au feu tricolore suivant, Alexandre s'aperçut que la jeune femme avait les joues rougies. Il la trouvait magnifique. Mais il la trouvait également très joueuse et certainement très mauvaise perdante puisqu'il ressentait qu'elle allait tout donner dans cette dernière petite course afin de le battre haut la main. Elle allait certainement essayer de tricher en démarrant encore une fois avant que le feu ne passe au vert. Finalement, il eut raison. Cependant, alors que Polina démarrait en trombe, Alexandre tournait tranquillement dans une rue située sur sa gauche, s'éloignant ainsi de cette femme, qui lui avait fait manquer un battement de cœur avant de le lui faire battre étonnamment fort...

Chapitre 2

Vendredi 8 avril 2016

— Alexandre ! Te voilà ! Cela fait plus d'une heure que j'essaye de t'avoir au téléphone.

— Je ne sais pas ce que j'ai fait de mon portable, répondit-il en fouillant dans les poches de son costume. Qu'y a-t-il de si urgent, encore ? demanda-t-il, d'un ton un peu blasé avec toujours le cœur en émoi de cette incroyable rencontre faite dans le parking.

— Je voulais te dire que je n'avais pas perdu mon portefeuille. À la patinoire, je l'avais donné à Rachel pour qu'elle me le garde dans son sac en bandoulière.

Alexandre se passa une main sur le menton en songeant que sa sœur était toujours aussi surprenante. Jamais elle ne faisait les choses comme les autres jeunes filles de son âge. Elle était toujours pleine d'entrain et la constance n'était pas son fort. Tout l'inverse d'Alexandre !

— Tout va pour le mieux, alors ! s'exclama-t-il tandis que Cécilia se serrait dans ses bras.

— Rassure-moi ! Tu n'as pas forcé sa voiture, car s'il apprenait que j'en suis la cause, il pourr…

— Non, il n'y avait plus aucune voiture garée au niveau -1, mentit-il en lui coupant la parole. Il est tard, Cécilia, et je n'ai pas encore mangé. Ne t'inquiète plus et va te coucher. Demain, tu as cours.

— Et toi, vas-tu te coucher maintenant ?

— Non, pas tout de suite ! Je vais d'abord grignoter quelque chose et je monterai me coucher ensuite.

Cécilia se leva sur la pointe des pieds, embrassa son frère sur la joue et, avec un enthousiasme hors du commun, monta se mettre au lit. Alexandre, quant à lui, n'avait pas du tout faim. Il se laissa choir sur le sofa avant de poser ses coudes sur ses genoux. Puis, il soupira longuement en fermant les yeux. Il songeait toujours à cette femme qui, il y avait moins d'une demi-heure, venait de troubler tous ses sens. Il avait envie de la revoir, de l'embrasser, de la toucher doucement, sensuellement, de la sentir allongée contre son corps comme elle s'était trouvée allongée contre le sien sur le sol de ce parking. Il avait l'impression de ressortir d'un coma et qu'elle venait de lui rendre la vie. Il porta ses mains à son visage et sentit les restes des effluves de son parfum qui s'était imprégné sur lui lorsqu'il l'avait maintenue par le cou, puis enlacée contre son propre corps. Il les huma longuement avant de se décider à monter se coucher sans manger. Cette nuit-là, il fit quelques rêves, la plupart, sans véritablement s'en souvenir. Mais l'un d'eux fut particulièrement à son goût lorsqu'il s'éveilla. D'un caractère plus érotique, il avait eu l'impression de vivre une nuit folle en la compagnie de cette jolie femme qui outre lui avoir, semble-t-il, volé le cœur, lui avait réveillé le corps…

Après un long week-end durant lequel Polina n'avait pas arrêté de songer à ce bel inconnu qu'elle prenait toujours pour un espion, elle se trouvait, en ce lundi matin, installée à son bureau en tant que *second* actionnaire des industries Leonidov — la compagnie de son père qu'elle dirigeait avec celui-ci. Polina pianotait depuis une heure au moins sur son clavier, mais ne semblait pas intéressée par ce qu'elle lisait. Ses pensées étaient ailleurs, bien loin, dans un parking. Elle songea pour la énième fois à cet homme qui l'avait tant surprise. Et lorsqu'elle repensa au baiser qu'il lui avait donné, son souffle devint court et elle ferma les yeux. Elle avait envie de le revoir, là maintenant. Mais c'était impossible. D'ailleurs, elle avait une réunion qui démarrait dans dix minutes, il lui fallait donc vite se ressaisir…

Quelqu'un frappa à la porte. C'était Julie, sa secrétaire, qui l'informa que son père l'attendait dans son bureau. Polina lui signifia en retour d'informer son père qu'elle arriverait dans deux minutes. Lorsque Julie referma la porte, Polina se releva de son assise pour se rendre dans sa petite salle de bain particulière attenante à son bureau. En se regardant dans le miroir, elle s'aperçut qu'elle avait les joues rougies, certainement à cause de ses pensées quelque peu remplies d'émotions. Après une touche de maquillage et quelques mèches de ses longs cheveux arrangées, elle finit par se rendre dans le bureau de son père, comme demandé par ce dernier.

— Polina, te voilà ! dit-il en se dirigeant d'un pas alerte vers elle.

— Papa, répondit-elle avant de l'embrasser. Tu voulais me voir avant la réunion !

— Oui, ma fille. Mais cela n'a rien à voir avec notre prochaine réunion, précisa-t-il. Je voulais avoir ton avis sur une discussion que j'ai eu, hier soir, avec ta mère…

Depuis quelques années, elle avait fait la paix avec son père et bien qu'elle ne puisse jamais se guérir de Vadim, elle ne gardait plus en elle d'animosité. Elle avait, a priori, tourné la page…

— Bien sûr, papa ! Dis-moi !

— Voilà, nous aimerions faire construire une dépendance pour ta sœur, à Belle-Maison.

— Le deuxième oisillon va enfin finir par quitter le nid ! plaisanta-t-elle en parlant de son unique petite sœur.

— Quitter le nid ? C'est vite dit ! Ta sœur n'est pas comme toi, ma Polina. Son indépendance sera très différente de la tienne. Mais tu connais ta mère ! Elle ne veut pas que Masha se retrouve seule dans un appartement et ne sache que faire de sa vie.

— Elle va avoir vingt-quatre ans, papa ! Peut-être qu'il serait temps de lui proposer un poste au sein de la société, ne crois-tu pas ?

— Penses-tu, Polina ? C'est une véritable Tanguy[2] ! Je le lui ai déjà proposé, mais elle a réfuté toute proposition concernant un quelconque travail. Je crois bien que ta mère et moi sommes condamnés à l'avoir auprès de nous jusqu'à la fin de nos jours.

— Certes ! Mais alors que puis-je faire pour t'aider, mon cher papa ?

— J'ai souvenir d'avoir entendu ton ami Constant parler à propos d'un cabinet d'architectes. Je crois, si je ne me trompe, qu'il avait été très satisfait par le dernier utilisé pour faire agrandir sa demeure ainsi que celle de ses parents.

— Oui, effectivement, il l'a été. Je suppose que tu souhaites que je lui demande les coordonnées.

— Tout à fait, ma fille ! s'exclama Piotr Leonidov avec un large sourire.

— Je l'appellerai après notre réunion, si tu le souhaites.

— C'est, on ne peut plus, parfait !

Polina hésita soudain à lui poser une question qui lui taraudait l'esprit. Elle s'apprêtait alors à ressortir du bureau de son père, lorsque, finalement, elle revint sur ses pas.

— Papa, j'ai une question que je voulais te poser avant la réunion.

— Je t'écoute, ma fille.

— Concernant l'affaire Weissmuller, je voulais

---

[2] *Tanguy,* film comédie d'Étienne Chatiliez

savoir si tu as bien toute la confiance des personnes qui travaillent dessus.

— Je vois de l'inquiétude dans les traits de ton visage, Polina. Aurais-tu quelque chose de fâcheux à m'apprendre ?

— Non, papa ! Rien de bien certain pour le moment. Je voulais juste savoir si tu nourrissais un doute sur quelqu'un en particulier. Une raison d'espionnage industriel ou autre, si tu vois ce que je veux dire…

— Voilà que tu m'inquiètes, ma fille ! Non ! J'ai une confiance totale dans les trois personnes qui travaillent sur ce projet !

— Bien ! Alors je n'ai donc plus à m'en soucier ! s'exclama-t-elle avec un sourire un tantinet forcé.

Polina avait voulu par ses questions, trouver une réponse à sa rencontre faite le vendredi soir dans le parking des industries Leonidov. Surtout depuis qu'elle avait appris, ce matin par le gardien, que la BMW qui était garée sur la place faisant front à la sienne était en fait un véhicule volé. Ce qui en soi était fort étonnant lorsqu'elle songea à toute cette sécurité mise en place au sein de ce bâtiment ! Elle envisagea alors qu'elle pourrait également demander au gardien de lui fournir la bande numérique de la vidéosurveillance des barrières automatiques. Ainsi, elle pourrait obtenir le numéro de la plaque d'immatriculation de son bel inconnu. Et avec les connaissances qu'elle avait, tel Constant de Lacroix qui vivait avec un inspecteur de police, elle pourrait facilement le retrouver. Oh, seulement pour être certaine qu'il ne fut pas un espion ! C'est soulagée qu'elle décida qu'elle s'en occuperait durant sa pause-déjeuner.

C'est donc avec un sourire de satisfaction qu'elle composa, du bureau de son père, le numéro de sa secrétaire afin de lui demander de faire servir le café dans une petite dizaine de minutes dans la salle du haut conseil. Durant cette réunion, bien qu'elle eût ordonné les dossiers à traiter, pour lesquels son père lui laissait comme toujours les pleins pouvoirs, elle ne put s'empêcher de dévisager les personnes qui l'entouraient. Comme si elle aurait pu lire dans leurs regards que l'un d'eux était un ennemi. Cependant, elle ne trouva aucun détail le lui affirmant.

Puis, l'heure du déjeuner arriva…

Alexandre était assis à son bureau, devant son ordinateur sur lequel il travaillait sur son dernier projet. Il avait du mal à se concentrer sur l'une des encoignures de la demeure qu'il était en train de créer ainsi que sur la piscine naturelle dont il ne lui restait plus que la finalisation à faire. Son esprit s'évadait fréquemment vers le regard bleu d'une femme. Depuis ce matin, il s'était également mis à manger de la menthe, sous toutes ses formes : chewing-gum, thé et autres bonbons. Cependant, il ne retrouva pas la saveur qu'il avait eue en donnant un certain baiser à cette femme. Il ferma les yeux tandis que son cœur s'accéléra quelque peu. En balayant du regard son écran, il songea clairement qu'il était tombé amoureux. Sans doute, était-ce la première fois, bien qu'il eût cru l'être la fois précédente. Mais cette fois-ci, il avait le cœur qui allait aussi bien que mal dans un même temps. Sans compter cet horrible mal de crâne qu'il avait depuis le soir de cette rencontre. Sûrement à cause de la foudre ou bien de ce coup de taser qui lui avait brûlé un tantinet les méninges…

Chapitre 3

Lundi 18 avril 2016

Quelques jours plus tôt, Polina avait pu récupérer le numéro de la plaque d'Alexandre et ainsi demander à son ami Constant de Lacroix s'il pouvait lui obtenir quelques renseignements par le biais de ses connaissances policières. C'est pourquoi celui-ci la rappela ce jour.

— Allo, Polina ! C'est Constant !

— Bonjour, Constant ! Comment vas-tu ?

— Bien ! Et toi, ma belle ?

— Fort bien ! As-tu pu obtenir les renseignements que je t'ai demandés ?

— Oui, bien sûr ! Je viens juste de les recevoir. As-tu de quoi écrire ?

— Oui, je t'écoute !

— Il s'agit d'Alexandre de Lacy. Il habite un très bel hôtel particulier dans le 4ᵉ arrondissement de Paris dans lequel il vit avec sa petite sœur. Ses parents sont décédés, il y a des années, suite au crash de leur jet privé, alors qu'ils se rendaient en villégiature à Bora-Bora. C'est donc lui qui élève seul sa sœur dont il est devenu le tuteur légal. Ce sont les héritiers de Lacy. Tu as dû en entendre parler, Poli !

— Non, je n'ai pas souvenir de ce fait.

— Leur fortune s'élève à quelques millions d'euros.

— Ah, tout de même ! ne sut-elle que répondre, tant elle était de plus en plus persuadée que cet homme ne pouvait donc pas être l'espion qu'elle s'était tant imaginée être.

Elle devait bien se l'avouer, cette idée l'avait d'une certaine manière assez enthousiasmée. Être embrassée par un espion n'était tout de même pas chose courante…

— Il y a une information toutefois surprenante, Poli, ajouta-t-il. Il travaille !

— Ah, bon !

— Oui, comme architecte.

— Surprenant, en effet !

— Tu te souviens que tu m'as demandé les coordonnées du bureau qui a fait les travaux chez moi. Eh bien, tiens-toi bien ! Cet Alexandre de Lacy travaille pour eux !

— Effectivement, quelle surprenante information !

— Oui, surprenante ! Dommage qu'il ne fasse pas partie du chantier. J'aurais pu le rencontrer. Il est vraiment beau gosse…

Polina leva les yeux au Ciel. Constant était aussi beau qu'il était totalement gay. Elle s'éclaircit la gorge avant de poursuivre.

— Aurais-tu son adresse exacte ?

— Celle du cabinet d'architecture ou bien celle de

son domicile ?

— Heu… les deux, s'il te plaît, Constant !

— Oui, j'ai ces deux informations, attend une seconde, voilà ! Il demeure au numéro 13 de la rue Saint-Louis-en-l'Ile dans le 4e arrondissement et son bureau se trouve 27 rue de Sévigné dans le 3e.

— Les bureaux portent-ils son nom ?

— Non ! C'est bien cela qui est surprenant. En détenant une telle fortune, on pourrait s'attendre à ce que ce prestigieux cabinet lui appartienne. Mais, non ! La propriétaire est une Américaine, Portia Christensen.

— En effet, je vais de surprise en surprise…, lâcha Polina en tapotant ses doigts sur ses lèvres, tant elle se demandait bien ce qu'Alexandre de Lacy faisait réellement dans ce parking.

Elle cogitait tant, qu'elle remit alors tout en question sur le fait qu'il n'était pas un espion. Peut-être que ce travail n'était en fait qu'une couverture pour ses missions d'espionnage. Et comme elle l'y avait surpris, il avait feint d'être un Allemand égaré dans ce sous-sol.

— Petit malin ! lâcha-t-elle.

— Polina ?

— *Mince !* se dit-elle en silence. Excuse-moi, Constant, je pensais tout haut ! Aurais-tu autre chose que je dois savoir sur cet homme ? demanda-t-elle afin de se sortir de sa bévue.

— Non, pour le moment, c'est tout ce que j'ai. As-tu, maintenant, l'intention de me dire pourquoi tu voulais avoir ces informations ?

— Heu… C'est pour un dossier au bureau.

Vraiment rien d'important, je t'assure ! mentit-elle en grimaçant tant elle n'aimait pas le duper ainsi.

Il était tout de même l'un de ses amis d'enfance et ces dernières années, il était devenu son meilleur ami. Enfin, plutôt sa meilleure amie, d'ailleurs.

— Okay, Poli ! Je te laisse, on m'appelle sur mon portable.

— D'accord, Constant ! Encore merci, et passe me voir quand tu le souhaites ! Tu sais que tu n'as pas besoin d'invitation…

— Je le sais ! Allez, bye !

— Do svidaniya[3] !

Polina raccrocha en gardant les yeux fixés sur le papier sur lequel elle avait inscrit tout ce que son ami venait de lui dicter.

— Qui êtes-vous, Alexandre de Lacy ? se questionna-t-elle à voix haute, le regard plongé dans ses pensées.

Alexandre avait toujours mal à la tête, mais il n'avait pas souhaité consulter un médecin. Il était certain qu'après quelques nuits et plusieurs antalgiques, ses douleurs disparaîtraient. Mais ce ne fut pas le cas. Aussi, lorsqu'il reçut un appel de M. Piotr Leonidov, cela

---

[3] En russe dans le texte : *au revoir !*

accentua ses souffrances. Non pas par la surprise d'avoir cet inconnu en ligne, mais tout simplement en se souvenant de s'être retrouvé dans le parking de la société de ce monsieur. Alexandre avait des capacités mémorielles assez surprenantes et il n'eut donc aucun mal à faire instantanément le rapprochement. Il ne restait plus qu'à savoir pourquoi ce grand homme d'affaires le contactait. Peut-être avait-il été filmé essayant de braquer une voiture, un certain vendredi soir ? Aussi, fut-il soulagé de s'entendre demander un rendez-vous. M. Leonidov avait le souhait de faire construire une dépendance sur le terrain de sa demeure. Il souhaitait donc rencontrer rapidement Alexandre afin qu'il lui fasse une proposition de plans. Ce qui tombait à point, puisque c'était l'une de ses grandes compétences. Afin de satisfaire son futur client, Alexandre déplaça mentalement quelques rendez-vous et accepta de se rendre le soir même à Belle-Maison, la demeure des Leonidov.

Quelques heures plus tard, après ce coup de fil et après avoir envoyé quelques projets par e-mails à ses clients, Alexandre se rendit comme prévu chez les Leonidov. En traversant le parc, il admira la construction d'un style haussmannien. Celle-ci était splendide. Il trouvait toujours incroyable de découvrir des endroits semblables en plein milieu de Paris. Lui-même habitait un très bel hôtel particulier. Il gara son véhicule au côté d'une Mercedes qui, soudain, lui sembla familière. Il secoua la tête comme pour se dire le contraire, ce qui accentua le mal de crâne qui le taraudait toujours. M. Piotr Leonidov le reçut avec déférence et courtoisie.

Après une visite des lieux durant laquelle Alexandre prit énormément de notes, bien qu'il ait prévu de revenir avec un géomètre et d'autres corps de métiers du bâtiment, le maître des lieux lui proposa de prendre un toast au salon. Ce qu'Alexandre accepta avec plaisir. Il se sentait déshydraté après avoir échangé avec M. Leonidov pendant presque deux heures. C'est alors que Polina fit son apparition. Alexandre écarquilla les yeux autant qu'elle. Soudain, il ressentit un bourdonnement dans les oreilles avant d'entendre des voix. Enfin, plutôt une voix qui ressemblait étrangement à celle de cette femme.

— *Dieu ! C'est lui ! Reste calme !* pensa Polina tandis qu'Alexandre semblait entendre ses pensées.

Celui-ci secoua la tête et se rendit compte que son mal de crâne avait enfin disparu. Un grand sourire jaillit sur son visage tandis que Polina pensait toujours.

— *Voyons voir si tu as toujours cet accent, petit espion…*

— *Saperlip !* songea Alexandre qui semblait soudain avoir le don d'entendre toutes les pensées de cette femme.

— Ma fille, je te présente Alexandre de Lacy, l'architecte qui va s'occuper de créer une dépendance pour ta sœur.

— Polina Leonidov, lâcha-t-elle en lui tendant la main pour le saluer.

Alexandre ne semblait pas vraiment savoir que faire. Il n'avait que deux solutions : soit il usait de cet effroyable accent allemand qui l'avait rendu si stupide, soit il se présentait tel qu'il l'était. Il opta, bien évidemment, pour la seconde solution.

— Je suis enchanté, Madame.

— Mademoiselle, *crétin !* dit-elle en s'apercevant qu'il s'était bien moqué d'elle en se faisant passer pour un Allemand.

— *Elle vient de me traiter de crétin et son père ne lui dit rien !* se fit-il la réflexion en silence.

Il se demandait ce qu'il lui arrivait. Il ne comprenait rien.

— *Tu as beau être superbe, j'ai bien envie de t'étrangler.*

Voilà qu'il discernait enfin ce qui lui arrivait. Elle n'avait pas ouvert la bouche en disant cette phrase, ce qui voulait dire qu'il entendait cette femme penser ! Polina retira sa main qu'il maintenait toujours au creux de la sienne, ce qui fit sourire M. Leonidov en voyant ce jeune homme complètement sous le charme de sa fille. En vérité, Alexandre semblait plutôt perturbé d'entendre *toutes* les pensées de Polina, car, tout le temps que dura ce toast, elle n'arrêta pas de faire en silence des remarques désagréables à chaque fin de phrase qu'Alexandre échangeait avec eux deux. Sans compter qu'elle n'avait pas arrêté de scruter son regard afin d'essayer d'y lire une quelconque réponse à toutes les questions qu'elle se posait à son égard.

— *J'arriverai bien à te percer, Alexandre de Lacy !*

Celui-ci qui était en train de finir son verre faillit s'étrangler avec sa boisson en entendant de telles paroles.

— Oui, mon beau ! Tu es bien trop riche, bien trop poli à mon goût. Je suis certaine que tu n'étais pas dans ce parking par hasard…

Alexandre continua à épiloguer avec le père de Polina, mais il eut énormément de mal à se concentrer avec la présence de cette dernière. Elle le troublait autant par sa personne que par ce qu'il entendait dans sa tête. Il décida de prendre congé d'eux et de revenir au plus tôt avec différents corps de métiers et quelques esquisses. Il les salua et remonta dans son véhicule. C'est alors que Polina le fixa sur le haut du perron.

— Je suis certaine que tu es un espion, mon bel Allemand, ne put-elle s'empêcher de se dire.

Cependant, Alexandre entendit ces mots non vocalisés. Il la fixa avec un large sourire tandis qu'une idée lui traversait la tête, fort soulagé de n'y ressentir plus aucune douleur.

Arrivé chez lui, Alexandre se convainc qu'il se verrait bien en espion. Il avait eu plus d'une trentaine de minutes, au volant de son véhicule, pour y réfléchir. Il avait beau être un grand timide, cette idée lui avait plu aussitôt. Si ce don d'entendre les pensées de cette femme continuait de se produire, il comptait bien en jouer.

C'est ainsi qu'il se coucha ce soir-là en se prenant déjà à son rôle d'espion. Il se saisit de son iPad afin de rechercher en ligne le magasin dans lequel il se ferait confectionner plusieurs costumes tels ceux que James Bond portait…

Chapitre 4

Jeudi 28 avril 2016

Alexandre était repassé plusieurs fois à Belle-Maison. Même s'il n'avait pas revu la belle Polina, il avait pu avancer dans les commandes que lui avait faites M. Leonidov. Ainsi, ce matin-là à son bureau, il jouait du crayon et de la souris afin de finaliser le plan de la nouvelle construction qui prendrait naissance sur le terrain familial. Il n'avait pas encore croisé Masha pour laquelle cette construction était tant désirée. Toutefois, en entendant M. Leonidov faire les *éloges* de sa fille cadette qui vivait dans la demeure parentale comme dans une auberge espagnole, Alexandre comprit aussitôt pourquoi cette demande était devenue urgente. Non pas que la belle Masha ait l'envie de prendre son envol, mais plutôt parce que ses parents étaient excédés de voir une ribambelle d'amis débouler à tout bout de champ dans leur salon et leurs salles de bains ainsi que dans bien d'autres endroits que l'on ne réserve, en général, qu'aux personnes intimes.

Vadim se trouvait, ce même jour, à l'hôpital Saint-Louis, lieu où il exerçait. Il devait opérer dans moins d'une heure une patiente. Pourtant, son esprit n'était pas concentré. Clément, l'un de ses amis médecins, le secoua mentalement quelque peu afin qu'il se ressaisisse. Vadim songea alors qu'il n'y avait aucune raison de s'apitoyer ainsi sur son propre sort. Il avait une femme ainsi qu'une très bonne situation, soit une vie presque parfaite même si ce n'était pas celle dont il avait rêvé dans sa jeunesse. Et même s'il ne pouvait engendrer de descendance, il y avait toujours la solution de l'adoption. C'est avec cet esprit optimiste qu'il rentra en salle d'opération.

Pendant ce temps, dans la clinique où travaillait sa femme, celle-ci riait à gorge déployée de la plaisanterie d'un chirurgien avec lequel elle prenait sa pause, entourée par d'autres collègues masculins. Cela la faisait se sentir intéressante et attirante. Depuis leur retour en France, Vadim n'était plus le même et ne la faisait plus du tout rire. Il avait tellement changé qu'elle se demandait encore en cet instant, si c'était judicieux de tenter d'avoir un enfant avec lui. D'autant qu'elle avait sept ans de plus que Vadim et qu'une grossesse pouvait déjà être à risque pour elle. Son mari lui avait bien entendu laissé le choix de vouloir tomber enceinte ou pas, car même si son cœur battait pour une autre, il ne supportait pas de la voir ainsi triste. D'autant qu'une part de sa douleur lui incombait grandement. Lui-même savait que depuis qu'il avait eu connaissance que Polina était toujours célibataire, il avait changé du tout au tout.

La douleur de son cœur s'était réveillée, plus forte que jamais. Il aimait Moïsha, mais il ne pourrait jamais l'aimer tel qu'il aimait *toujours* Polina. Il essayait quotidiennement d'oublier cet amour de jeunesse, mais il n'y arrivait pas. Polina était là, tout le temps dans ses pensées. Parfois, il avait même l'impression d'avoir le goût de sa bouche dans la sienne. Ce goût de menthe particulier qui lui restait en bouche lorsque Polina mangeait quelque chose qui était parfumée par cette saveur. Il arrivait fréquemment à Vadim de repenser aux baisers maladroits qu'ils avaient échangés dans leur jeunesse, puis à ceux qu'ils s'étaient donnés plus tard… Ceux-là étaient les plus difficiles à oublier. Polina s'était donnée à lui entièrement, de cœur et de corps, tout comme lui, d'ailleurs. Faire l'amour à Polina, c'était sentir son corps s'élever dans une autre dimension, son cœur battre plus fort, son sexe prendre vie au fond d'elle avec le sentiment de ne faire plus qu'un. Tous ces merveilleux souvenirs étaient restés à la surface de sa mémoire, comme s'ils dataient d'hier. Pourtant, il y avait déjà tant d'années que Polina s'était donnée à lui une dernière fois avant de le quitter. Elle s'était abandonnée entre ses mains, hurlant son nom, son amour pour lui, avant de pleurer toute la rage et la douleur que son cœur contenait en sachant qu'ils ne pourraient jamais être ensemble. Vadim l'avait alors laissée lui échapper, car il n'aurait jamais pu se battre contre Piotr Leonidov à moins de condamner Polina à ne jamais plus revoir sa famille. D'autant que le père de Polina avait un atout dans sa manche. Vadim était majeur, sa fille non. Il lui aurait été bien simple de porter atteinte au jeune homme. Polina le savait également. Alors, en vain, ils avaient accepté leur terrible sort…

Polina était en train de déjeuner avec Masha. Celle-ci était passée voir sa grande sœur au bureau et l'invitation à déjeuner avait suivi. Masha avait quelques questions à lui poser et ne s'était pas senti l'envie de les lui poser au téléphone ou bien d'attendre que Polina passe à Belle-Maison. C'est pourquoi à peine leur commande passée, Masha s'épancha auprès de son aînée sur un sujet brûlant : le sexe !

— Je sais que tu vas encore me dire que je suis à côté de la plaque, mais essaye pour une fois de m'écouter jusqu'au bout.

Polina la regarda en faisant une grimace tout en lui tirant la langue.

— Okay ! Vas-y, je suis tout ouïe ! ajouta-t-elle tandis que sa sœur, à son tour, lui tirait la langue comme une petite fille.

— J'ai un copain en ce moment. Un petit copain si tu préfères. J'aimerais bien le garder au moins un mois celui-là.

— Okay…

— Aussi, comme tu es plus âgée que moi, je me disais que tu avais certainement une astuce pour que cela fonctionne entre lui et moi…

— Une astuce ?

— Oui, une façon de se laisser embrasser, se laisser toucher ou peloter ! Enfin, tu vois ce que je veux dire !

— Heu, pas vraiment, répondit Polina en écarquillant les yeux.

— Attend ! Ne me dis pas que tu es vierge !

— Mais non ! Où vas-tu chercher de telles inepties ? Je ne le suis plus depuis…, ne finit-elle pas sa phrase en s'empourprant instantanément.

Polina se plongea alors dans ses pensées. Son cœur s'accéléra un tantinet en pensant à Vadim. Son entrejambe la chatouilla et des papillons montèrent dans son ventre. Vadim avait été le premier. Et même si depuis, elle avait eu quelques relations qui s'étaient pour certaines terminées allongés dans un lit, jamais elle n'avait ressenti cette béatitude, cet apogée, ce sentiment d'être vivante en étant aimée et désirée par Vadim.

— Houhou ! Tu es là ou bien ailleurs ! s'exclama Masha.

Polina toussota avant de lui répondre.

— Non ! Bien sûr que je suis là !

— Alors ?

— Alors, quoi ?

— Je te signale que je t'ai posé une question. Et le principe d'une question, c'est d'obtenir une réponse ! s'esclaffa Masha en voyant les rougeurs sur le visage de sa sœur. Serait-ce une petite pensée pour Vadim qui te met dans cet état ?

— Absolument pas ! mentit-elle.

— Alors, tu sais qu'il est rentré de Russie au début

du mois dernier…

— Bien sûr que j'étais au courant ! mentit-elle à nouveau en déglutissant.

— Alors, je ne t'apprends rien en te disant qu'il va bientôt être *papa*…

Lorsque cette information fut déchiffrée par le cerveau de Polina, celle-ci écarquilla les yeux au maximum.

— Oups ! Tu n'étais pas au courant !

— Non ! lâcha-t-elle en regardant dans le vide le cœur serré par une douleur aiguë.

Sa sœur lui présenta un petit sourire de compassion tandis que Polina s'éclaircissait la voix.

— Bon, tu veux un exemple, alors très bien, en voici un ! se décida-t-elle à répondre à sa première question malgré une douleur qui lui serrait la gorge.

Et Polina donna quelques petits conseils d'ordre général à sa sœur, en lui précisant qu'il fallait qu'elle arrête de ronchonner lorsqu'elle se trouvait en désaccord avec quelqu'un surtout si cette personne était son petit ami. Il y avait une multitude de façons d'agir afin de ne pas se froisser avec l'être aimé. Elle continua en lui assurant que de mettre un peu plus d'ordre dans son linge afin de ne pas remettre la même culotte deux jours d'affilée était vital à son âge. Puis, également, qu'elle ne devait justement pas se laisser peloter dès le premier rendez-vous et coucher deux heures après sans connaître un peu plus cette personne. En grande sœur bienveillante, elle ajouta qu'elle ne devait pas oublier de se protéger dans ses rapports qui, semble-t-il, lui paraissaient fort nombreux.

— Okay ! En termes clairs, tu me dis de prendre une douche avant tout rapport et d'attendre au moins vingt-quatre heures pour coucher...

— Non ! Je ne dis pas cela, Masha ! Mais, enfin ! N'as-tu pas l'envie d'avoir le cœur chaviré par les émotions, te sentir transportée par un sentiment impalpable ? Une impression de rêver les yeux ouverts ?

Tout en disant ces derniers mots, Polina repensa soudain à Alexandre de Lacy. Lui aussi lui avait donné quelques troubles. D'ailleurs, elle se demandait bien ce qu'il pouvait faire à l'heure du déjeuner.

— Quels sentiments ? Tu crois que lorsqu'un homme met sa main dans ma culotte...

— Parle plus bas, Masha ! souffla sa sœur en rougissant à nouveau à cause de ses nouvelles pensées tandis que le serveur leur amenait leurs plats.

Elles attendirent donc quelques secondes avant de reprendre leur discussion.

— Bon ! Enfin, tu as compris où je voulais en venir ! Eh bien, crois-tu qu'il soit question de sentiments ? Il met sa main là où j'ai envie qu'il la mette ! C'est tout ! Depuis quand parle-t-on de sentiments lorsque l'on se fait tripoter ?

— Tu as peut-être raison, toutefois, il n'a pas sa main dans ta culotte tout le temps ! Alors, les sentiments peuvent se dévoiler après...

— Si tu veux dire par là, l'interrompit-elle, qu'il prenne ensuite une bière et se pieute à nouveau, j'avoue que là, je me trouve fortement impressionnée ! Je n'avais jamais vu cela comme des émotions ou bien des sentiments agréables. Je dirais plutôt qu'il s'agit là d'un passage obligé après les trois minutes de copulation et les quinze secondes d'orgasme !

Polina ferma les yeux, tout en restant silencieuse. Décidément, sa sœur n'avait absolument pas la même vision qu'elle sur l'amour. D'ailleurs, elle se demandait si celle-ci était déjà tombée amoureuse.

— As-tu déjà aimé quelqu'un, Mashen'ka ? demanda-t-elle en la prénommant par son petit nom.

— Tu veux dire, papillonner des yeux et tout, et tout ?

— Oui, par exemple !

— Eh bien, heu… non !

— Mais ce garçon dont tu m'as parlé brièvement, si tu veux le garder, c'est que tu en es un peu amoureuse, non ?

— Ah ! Ah ! Certes ! Vu ainsi, ce pourrait être le cas ! Mais non ! Pas du tout ! Je dois dire que je me suis mal expliquée ! C'est simplement qu'il a ses entrées au Palace, une génialissime boîte de nuit branchée, et que malgré l'argent que je pourrais mettre sur la table, je ne pourrais pas y rentrer sans lui…

— Ma chère sœur, tu es un cas désespéré ! lâcha Polina en soupirant. Il serait temps pour toi de grandir…

Ce qui fit rire Masha.

— Si grandir veut dire souffrir comme toi, je préfère encore rester une ado sans les complexes de cet âge.

Voyant que le regard de Polina s'était assombri, Masha ajouta :

— Je sais que tu as souffert de ta séparation avec Vadim, mais peut-être qu'un jour tu rencontreras un homme qui t'aimera comme lui.

— Oui, peut-être, répondit Polina en pensant à Alexandre de Lacy.

Elle songea, en effet, qu'il pourrait bien être cet homme s'il n'était pas un espion… Ce qui en soi n'était pas vraiment une certitude pour les deux avis que posait cette réflexion.

Leur discussion se poursuivit sur d'autres sujets et en particulier sur les travaux qui étaient en cours à Belle-Maison. Masha avoua à sa sœur que même si elle n'avait pas eu son mot à dire, elle s'en moquait un peu. Elle ajouta dans un nouveau gros mensonge que du moment qu'elle avait un toit pour dormir, un réfrigérateur bien rempli et une salle de bain pour s'apprêter, le reste lui importait peu. Décidément, Polina n'arriverait jamais à comprendre ce qui pouvait attiser l'intérêt de sa sœur. Elle semblait si superficielle ! Si seulement Polina s'était doutée un seul instant que Masha lui mentait effrontément autant, d'ailleurs, qu'elle pouvait se mentir elle-même sur les sentiments qui l'animaient toujours ! Mais dans ce rarissime échange, toutes deux ne se rendirent compte de rien et ne virent que du feu sur les mensonges lâchés les uns derrière les autres…

Les deux sœurs finirent par se séparer retournant chacune à sa tâche. À tout le moins, *officiellement* pour Polina qui retrouva ses dossiers à son bureau, tandis que

Masha décida d'aller faire un tour à la galerie d'art de l'une de ses amies avec laquelle elle se prêtait fréquemment au pinceau *officieusement*. En réalité, Masha avait de l'or dans les mains, mais personne a priori n'était au courant dans sa famille. Elle préférait les laisser dans leur ignorance, sinon son père lui achèterait une galerie et elle n'aurait plus ces moments fantastiques et impromptus qu'elle s'octroyait comme bon lui semble. Tout serait alors planifié dans sa vie, tel que son père l'avait fait avec sa sœur.

Et Masha voulait tout, sauf avoir la vie de Polina !

C'est pourquoi elle ne voulait pas travailler avec elle et leur père. Elle avait une petite rente de sa grand-mère paternelle et cela lui suffisait amplement si elle prenait en compte qu'elle n'avait aucune dépense d'hébergement et tout ce qui allait avec généralement. Elle était pour l'instant heureuse ainsi, et la construction d'une petite dépendance dans le jardin était ce qu'elle pouvait rêver de mieux. Masha, dotée d'une intelligence malicieuse, s'était donné beaucoup de mal pour en faire voir de toutes les couleurs à ses parents en invitant une multitude d'amis à la maison. Et elle se forçait à échanger avec légèreté avec sa sœur, comme lorsqu'elle avait employé dans la même phrase les mots « se pieuter » et « copuler » alors qu'elle détestait ces mots-là. Elle savait parfaitement qu'elle n'était pas faite du même bois que sa sœur et qu'elle ne pourrait jamais rester comme elle, assise derrière un bureau. Jusqu'à présent, travailler ailleurs lui semblait compliqué, car tous ses amis voguaient uniquement dans des sphères artistiques.

Alors, avant que son père et sa mère ne lui proposent une petite dépendance auprès d'eux, elle n'avait pas été certaine de la voie à prendre. Mais maintenant qu'elle allait avoir un endroit pour elle toute seule, avec la certitude que personne ne rentrerait dans son petit jardin secret, elle pourrait enfin s'adonner à son art en toute quiétude…

Chapitre 5

Lundi 9 mai 2016

Alexandre avait enfin reçu ses costumes après être passé dans un atelier italien de haute couture de la rue Saint-Honoré. Faits sur mesure, ces habits de très bonnes factures lui allaient comme un gant. Alexandre était magnifique. Quoique ses anciens tailleurs n'aient rien à envier aux nouveaux ! Toutefois, il avait abandonné ses cols maos pour ceux lui permettant de recevoir un nœud ou bien une cravate. Ces nouvelles tenues étaient sobres, mais quelque chose de lumineux émanait d'Alexandre. Il rayonnait de joie et ses yeux avaient à nouveau une brillance particulière. Il y avait si longtemps que les traits de son visage ne s'étaient ainsi marqués avec tant de beauté. Depuis la mort de ses parents, il n'avait plus jamais eu ce fabuleux sourire qui laissait entrevoir une belle rangée de dents blanches. Mais aujourd'hui, il était un tout nouvel homme et il était à tomber à la renverse. Il ajusta une dernière fois sa cravate et c'est avec un port altier, à faire frémir les quelques femmes qui croiseraient aujourd'hui sa route, qu'il ressortit de son hôtel particulier. Il s'installa au volant de sa magnifique Aston Martin, le véhicule qui avait tant perturbé Polina lors de leur rencontre dans le parking souterrain. Il l'avait acquis, il y avait environ un an, et ce matin, il se souvint avec un petit sourire en coin de bouche que ce bolide était également celui de *007*. Pourtant, cet achat avait été pour lui un réel coup de cœur et en aucun cas parce qu'il ne s'était dit un jour : *tiens ! Et si je me prenais pour James Bond ?*

Cependant, en ce jour, jamais il n'avait été plus heureux d'avoir acheté un tel engin. Tout en faisant gronder son moteur, il décida de se rendre devant les Industries Leonidov. Alors qu'il y arrivait et s'apprêtait justement à se garer, il vit le véhicule de Polina sortir des lieux. Il décida de la suivre sans se montrer aux beaux yeux verts-émeraude de la *belle*. Moins d'une vingtaine de minutes plus tard, elle arrêtait son moteur devant l'hôtel Drouot. C'est ainsi qu'Alexandre la suivit et se retrouva assis à trois rangs d'elle, dans l'une des vastes salles de ventes aux enchères de cet établissement. La mise en vente d'une collection d'œuvres de Jane Austen — une seconde édition — débuta. Polina était là pour cette vente. Elle espérait grandement remporter celle-ci. Bien entendu, Alexandre ne rata aucune de ses pensées. Et la façon dont elle se comportait la faisait paraître à ses yeux, telle une petite fille devant un jouet qu'elle voulait absolument acquérir. Il ne l'en trouva que plus désirable.

Un silence s'éleva dans l'immense salle et l'enchère commença à soixante mille euros. Plusieurs acquéreurs enchérirent aussitôt. Parmi eux se trouvaient Alexandre et bien sûr, Polina. Bien que celle-ci soit une riche héritière et ait des comptes bien dotés, elle s'était donné la consigne de ne pas dépenser plus de cinq cent mille euros pour cette acquisition. Malheureusement pour elle, l'enchère dépassa rapidement ce montant et elle dut à contrecœur s'arrêter d'y participer.

— *Mer… credi ! Je voulais tant ces œuvres !* songea-t-elle l'âme en peine.

Alexandre l'entendit à nouveau se parler et ressentit aussitôt la détresse qui l'habitait. Il aurait bien voulu se déplacer auprès d'elle et essayer de lui redonner le sourire. Pourtant, il n'en fit rien. Polina joignit fortement ses mains l'une dans l'autre en attendant avec supplice la fin de cette vente qui n'arrêtait pas d'augmenter. Puis, le commissaire-priseur donna trois coups nets avec son maillet en bois adjugeant ainsi la vente à une personne qui remporta celle-ci au prix de cinq cent mille euros. Polina se retourna sur son siège afin de voir qui était l'heureux élu. À sa grande surprise, elle vit Alexandre de Lacy qui s'entretenait déjà avec l'un des responsables de la salle Drouot. Puis, elle le vit suivre celui-ci afin d'aller régler son acquisition. Il va sans dire que Polina était déçue de n'avoir pu remporter cette vente. Toutefois, elle n'aurait su dire avec certitude, si elle se sentait contrariée de savoir qu'Alexandre de Lacy venait de lui ravir ces œuvres ou bien si elle était heureuse de savoir qu'il avait eu assez de goût pour prendre la peine de dépenser une telle somme pour celles-ci. Pourtant, elle n'était pas certaine qu'il apprécie autant qu'elle cette romancière ! Elle retourna à son bureau sans en avoir la réponse.

Alexandre, quant à lui, était enchanté en reprenant le volant de son bolide, bien qu'il ne sût pas vraiment encore comment il allait devoir agir pour mettre en œuvre l'idée qu'il avait déjà en tête. Mais peu lui importait du moment que cela lui permettrait de revoir la belle Polina. Avant de s'y atteler, une première journée s'écoula durant laquelle il avait travaillé à son cabinet. Mais dès le lendemain matin, il décida de se rendre à Belle-Maison afin de s'assurer que la construction de la dépendance se faisait bien suivant les modifications qu'il avait apportées aux nouveaux plans. Sofiya Leonidov le reçut avec grande courtoisie tandis qu'Alexandre était plus vrai que jamais dans sa façon d'être. En fin de compte, il n'aimait jouer un rôle qu'avec Polina. Tout en discutant avec la mère de cette dernière, il remarqua que celle-ci avait la même allure que sa fille aînée avec la même façon de poser délicatement son doigt sur sa bouche lorsqu'elle réfléchissait. De plus, il retrouva en Sofiya le regard malicieux de Polina. D'âge mûr, Sofiya Leonidov était une très jolie femme élancée et elle portait des habits à la dernière mode comme personne. Sans doute parce qu'à l'âge de quinze ans, elle était devenue un mannequin très populaire en Russie. Et aujourd'hui, elle avait toujours cette chevelure, d'un magnifique blond naturel, qu'elle avait coiffée en un chignon banane retenu par un unique pic en or orné de joyaux. Ainsi apprêtée, on aurait pu croire qu'elle se rendait à un rendez-vous important ou bien à son lieu de travail.

Cependant, ce n'était pas le cas. Sofiya Leonidov n'allait nulle part et n'avait jamais eu la nécessité de travailler. Dans sa jeunesse, âgée alors de dix-huit ans et se trouvant toujours en Russie chez ses richissimes parents les Kovalevski, elle avait été contrainte d'épouser Piotr Leonidov, un homme aussi aisé qu'elle, mais plus âgé de quatorze ans. La providence voulut toutefois qu'ils tombent amoureux l'un de l'autre. C'était peut-être pour cela qu'elle ne s'était opposée que très légèrement à son époux lorsqu'il avait contraint, à son tour, leur fille aînée d'épouser M. Levkine. Elle avait eu l'espoir de la savoir heureuse. Mais comme ce mariage était tombé à l'eau, Sofiya et son époux avaient fini par décider de ne plus se mêler des amours de leurs filles. Polina et Masha s'étaient ainsi trouvées à l'abri de futures unions non désirées et aujourd'hui, totalement célibataires.

Dès leur premier échange, Sofiya apprécia grandement Alexandre de Lacy. Elle lui trouvait une élégance singulière dans sa façon de discuter et un charme tout particulier dans chacun de ses sourires qu'il dispensait avec générosité. C'est alors qu'elle songea qu'il serait un époux tout à fait remarquable pour l'une de ses filles. Seulement, elle n'avait aucune idée de laquelle elle pouvait lui destiner. Polina avait un caractère trop fort pour ce jeune homme et Masha trop laxiste pour qu'elle puisse le garder plus d'une semaine. Elle n'avait plus qu'à attendre que la providence joue son rôle et les fasse se rencontrer, car elle ne comptait toutefois pas s'immiscer dans les histoires d'amour de ses filles. Tout en finissant le même cocktail de fruits qu'elle avait fait servir à Alexandre, elle finit par se faire la réflexion silencieuse que ce jeune homme était pour elle le gendre parfait !

Alexandre n'était pas retourné à son bureau après cette courte visite. Il était passé prendre sa sœur à la sortie de son lycée. Après quelques désaccords avec Cécilia, comme toujours, celle-ci avait fini par accepter de ne pas se rendre à la soirée d'un garçon de Terminal qu'elle ne connaissait pas en fin de compte assez pour se présenter devant la porte de chez lui. Toutefois, Alexandre avait trouvé que Cécilia s'était pliée assez rapidement à sa demande. Il devrait l'avoir à l'œil durant ce samedi au cas où elle déciderait quand même de s'y rendre sans son accord…

Donc, après ces deux journées passées, il avait décidé de rendre une petite visite de courtoisie à Polina. Ne sachant pas où elle demeurait, il décida de se rendre à son bureau. Après s'être garé au sous-sol qui lui rappela non sans mal les émotions passées qu'il y avait eu entre lui et Polina, il appuya sur le bouton de l'ascenseur et se rendit à l'accueil. Il voulait absolument voir si sa nouvelle tenue aurait le don de le faire paraître autrement aux yeux de cette femme. Certes, elle n'était pas amoureuse ! Sinon, elle aurait déjà tout fait pour le revoir. Ce qui n'avait, bien sûr, pas été le cas. En y réfléchissant bien, lui aussi ne s'était pas empressé de la recontacter. Pourtant, elle le faisait se sentir différent. Mais comme Alexandre avait un cœur d'artichaut, il était fort probable qu'il se soit encore une fois fourvoyé en croyant être de nouveau tombé amoureux…

Lorsque Polina entendit par téléphone sa secrétaire lui annoncer la venue d'Alexandre, elle ne put s'empêcher de rester bouche bée.

— Mademoiselle ? Vous êtes toujours là ?

Polina s'éclaircit aussitôt la gorge, totalement troublée par cette annonce, avant de rétorquer à sa secrétaire :

— Oui, Julie ! Excusez-moi ! Faites entrer monsieur de Lacy.

Il ne fallut pas plus d'une trentaine de secondes avant qu'Alexandre de Lacy foule de ses chaussures brillantes le sol en bois exotique, qui couvrait les quarante mètres carrés alloués à ce magnifique bureau.

— Monsieur de Lacy ! Quel bon vent vous amène ici ? lâcha-t-elle, les dents serrées en se relevant de son siège pour aller tout de même à sa rencontre afin de lui serrer la main.

Alexandre fit exprès de ne pas lui répondre tout de suite et s'adressa d'une voix suave à la jeune secrétaire tombée totalement sous son charme.

— Merci, Julie ! lâcha-t-il en lui faisant un clin d'œil qu'il assortit d'un sourire à tomber à la renverse tandis qu'elle ressortait du bureau le visage empourpré.

Julie se sentait toute pantelante tandis que Polina, la bouche pincée et un tantinet jalouse, s'était rapprochée d'Alexandre, assez pour se retrouver juste devant lui alors qu'il tournait la tête vers elle.

— Oups ! dit-il, toujours paré de son formidable sourire. Nous avons bien failli nous rentrer dedans !

Polina le fixa sans un mot.

— Mademoiselle Leonidov, ajouta-t-il tout en enveloppant sa main de la sienne qui la recouvrait totalement.

Et tout en la maintenant ainsi, il se rapprocha d'elle afin de chuchoter à son oreille :

— Moi aussi, je suis ravi de vous revoir.

Polina se sentit envahie de frissons des pieds à la tête. C'est alors qu'elle songea qu'elle aurait dû mettre sa robe bleue qu'elle avait délaissée pour la robe rouge qu'elle portait.

— Cette robe vous va à ravir, mais je suis certain que le bleu vous sied bien mieux, dit-il après avoir entendu ses pensées.

Polina écarquilla ses grands yeux autant que cela lui était possible de le faire avant de secouer la tête comme pour chasser quelque chose.

— Aurais-je pensé tout haut ?

— Non. Pas que je sache. Mais si vous souhaitiez épancher quelques secrets, n'hésitez pas, je suis tout ouïe.

— *J'ai bien envie de t'épancher autre chose !* pensa-t-elle.

Alexandre ne put s'empêcher de sourire tout en ayant l'envie de s'esclaffer. Décidément, ce don était grisant. Entendre les pensées d'une femme telle que Polina Leonidov n'était pas chose courante.

— Vous disiez ?

— Non, rien ! rétorqua-t-elle en toussotant. Vous seriez-vous trompé de bureau ? *Bel espion...*

— Peut-être bien..., lâcha-t-il dans un souffle.

— Vous souhaitiez sans doute rendre visite à mon

père, demanda-t-elle en se dirigeant vers la porte afin de le raccompagner et surtout afin qu'il s'éloigne d'elle tant il la troublait.

Il la suivit sans un mot avec un simple sourire qui l'envoûtait déjà. Elle semblait conquise contre son gré. C'est alors qu'il l'entendit de nouveau penser.

— *Mon Dieu ! Jamais homme n'a été plus beau dans son arrogance !*

— Quoique de vous voir soit toujours un réel plaisir, dit-il en osant remettre une mèche de cheveux derrière l'oreille de Polina.

Elle retint sa respiration tout le temps que dura ce contact. Le souffle court, elle ferma les yeux brièvement. Alors, Alexandre se lança au risque de prendre une claque. Mais après tout, il était soi-disant un espion et se devait de se comporter comme tel. Bien qu'il n'y ait jamais eu de mode d'emploi pour définir les traits exacts d'un espion ! Mais si Alexandre s'en référait uniquement à *007*, il devait agir avec autant d'arrogance et d'assurance. Il approcha son visage de celui de Polina et déposa un baiser léger, juste là, sur sa joue, tout près de la commissure de ses lèvres. Un endroit fort érotique si l'on était un homme qui savait s'y prendre. Et a priori, sans le savoir, Alexandre faisait partie de cette catégorie d'hommes, car Polina se sentit tout émoustillée par ce simple effleurement. Elle cligna des yeux alors qu'il lui présentait l'un de ses fantastiques sourires tout en s'écartant d'elle. Il ouvrit la porte et ressortit sans un mot tandis que Polina se demandait ce qu'il venait de lui arriver. Durant presque deux minutes, elle resta ainsi, interdite, sa main posée là où ce baiser avait été abandonné. Deux minutes, d'ailleurs, qui suffirent à Alexandre pour reprendre l'ascenseur et quitter les lieux, l'esprit heureux.

Polina ressortit de son bureau et chercha des yeux Alexandre. Ne le voyant pas, elle s'adressa à sa secrétaire, tout en s'empourprant.

— Julie ! Est-ce que monsieur de Lacy s'est rendu dans le bureau de monsieur Leonidov ? demanda-t-elle tout en triturant ses doigts, tant elle se sentait soudainement nerveuse.

— Non, Mademoiselle. Il a quitté les lieux. Cependant, il m'a dit d'attendre une dizaine de minutes avant de vous remettre ceci.

Et tout en lui disant ces mots, Julie lui tendit le paquet rectangulaire qui lui était destiné. Polina s'en empara avec les mains quelque peu tremblantes avant d'aller s'enfermer dans son bureau pour l'ouvrir.

Heureusement qu'elle se trouvait assise lorsqu'elle défit l'emballage. Ce paquet contenait toutes les œuvres de Jane Austen acquises aux enchères. Elle en avait le souffle coupé. Elle resta ainsi silencieuse pendant plusieurs minutes tandis que ses pensées fusèrent à tout-va. Que devait-elle faire : les conserver ou bien les lui rendre ? Elle reposa sa main près de ses lèvres avant de humer le bout de ses doigts.

— Azzaro ! Même son parfum est traître ! s'exclama-t-elle en ressentant un petit frisson au creux de son ventre.

Comment alors, pourrait-elle résister à cet homme,

si son propre corps la trahissait ainsi ? Puis, elle songea instantanément à Vadim. Elle avait beau n'avoir pu l'épouser, elle avait l'impression que de penser à un autre homme que lui était comme de le tromper. Mais il lui fallait se souvenir que Vadim était dorénavant fermement marié. Pourtant, elle ne pouvait encore se résigner à s'abandonner dans une histoire d'amour dans laquelle il n'était pas question de lui. Et sans pouvoir agir différemment, Polina avançait ainsi dans sa propre vie depuis qu'ils avaient dû se séparer tous les deux. Elle s'était refusée à aimer et à être aimée. Elle posa sa tête sur ses bras qu'elle avait croisés sur les livres. Ces derniers sentaient le vieux papier.

— *Qu'est-ce que Jane Austen aurait fait dans ce cas ?* songea-t-elle.

Puis, elle se rappela sa dernière lecture, une fiction romanesque dans laquelle Jane Austen avait accepté un livre, tel un présent, de la part de Thomas Lefroy, un homme pour lequel elle aurait pu tout quitter afin de vivre avec lui sa romance. C'est ainsi, au souvenir des lignes lues dans *Le Mystérieux Secret de Jane Austen,*[4] que Polina décida de garder ce cadeau en se disant qu'il se pourrait bien qu'elle finisse par tomber amoureuse de ce bel espion.

Si tant est que celui-ci en soit un !

---

[4] Biographie romancée de Jane Austen par l'auteure Lhattie Haniel

Chapitre 6

Vendredi 13 mai 2016

La construction de la dépendance pour Masha avançait à grands pas. Il faut dire qu'il n'était pas non plus question ici de construire un palais, mais une sorte de petit « trois-pièces » dont le coin-cuisine serait réellement un *coin*-cuisine juste assez grand pour que Masha puisse se préparer uniquement son petit-déjeuner. Elle était revenue sur son envie de liberté totale. Elle souhaitait être libre, mais sans perdre le confort des délicieux repas pris dans la maison familiale. D'autant que cela lui permettrait d'avoir plus de place pour étaler son art.

Aujourd'hui, Masha se trouvait à la galerie de Bénédicte. Celle-ci faisait partie de l'une de ses amies intimes qui avaient connaissance de ses secrets. Il faut dire que Masha n'était pas ce qu'elle semblait vouloir laisser paraître aussi bien à ses parents qu'à sa sœur aînée. Elle n'était pas du tout une coureuse de *pantalons* telle qu'elle avait tenté de le faire croire à ses proches. Tous les copains qui venaient chez elle jouaient la comédie du petit ami. Masha n'avait eu, en réalité, que deux fréquentations dans sa vie bien qu'elle soit une superbe jeune femme brune aussi élancée que sa sœur avec la même particularité d'avoir un magnifique visage de porcelaine avec un corps à faire damner un saint. Toutefois, autant Polina était blonde comme sa mère, autant Masha avait les cheveux noirs de son père. Elle avait hérité en sus des yeux bleu cristal des Leonidov tandis que Polina avait les yeux vert-émeraude des Kovalevski.

Sa première fréquentation fut donc un jeune rouquin prénommé Baptiste qui avait cru pouvoir faire ce qu'il voulait avec Masha. C'est ainsi qu'un après-midi, il avait pensé qu'il pouvait coucher avec elle sans lui en faire part auparavant. La peur qu'elle avait ressentie lorsqu'il avait descendu son caleçon sans qu'elle s'y attende l'avait fait fuir à grande vitesse. Et dès lors, elle ne l'avait plus jamais revu. Quant au second garçon, Franck, il n'était sorti avec elle que pour le prestige de dire qu'il *soulevait* une nana friquée. Lorsque Masha avait eu vent de ce ragot, elle l'avait aussitôt effacé de sa vie. Depuis, elle évitait les hommes et la discussion qu'elle avait eue avec Polina quelques jours plus tôt était d'ordre à savoir comment faire en sorte de reconnaître le bon partenaire de toute une vie, si tant est que celui-ci existe vraiment ! Elle aurait pu en parler clairement à Polina et lui avouer qu'elle était toujours vierge, mais elle savait que sa sœur était très proche de leur mère et qu'elles étaient des confidentes depuis toujours. Il aurait été hors de question que tout son petit monde fut remis en question dès lors que sa mère aurait eu vent qu'elle jouait la comédie. De fait, son père aurait pu faire stopper la construction de sa dépendance et alors, elle n'aurait eu plus qu'à dire *adieu* à sa liberté ! Mais, heureusement que Masha avait des amis sur lesquels elle pouvait compter telle que la belle rousse, Bénédicte. Celle-ci adorait assez son amie pour ne pas la juger sur sa façon de faire.

— Bonjour, ma belle ! s'exclama Bénédicte lorsque Masha traversa d'un pas léger le sol en marbre de sa galerie.

— Bonjour Béné ! Comment vas-tu ?

— Bien ! Et toi ?

— Très très très très bien !

— Waouh ! Vas-y ! Raconte !

— Eh bien ! Prochainement, tu seras débarrassée de tout ce que tu appelles « mes œuvres », dit-elle avec un large sourire.

— La construction est si avancée que cela ? demanda Bénédicte, surprise.

— Oui ! Ils sont déjà en train d'installer l'électricité. Les peintures vont suivre et d'ici un mois, je devrais être chez moi !

— Waouh ! C'est dingue ! Mais bon, quand on a le fric, hein…, lâcha-t-elle avec un clin d'œil.

— Tu m'étonnes ! Mais ce sera retiré de mon héritage, s'esclaffa Masha. Enfin, le plus tard possible, ajouta-t-elle en embrassant aussitôt la médaille qu'elle portait au cou, représentant la Sainte Vierge.

Elles continuèrent ainsi à bavasser avant de s'installer toutes les deux devant leurs chevalets sur lesquels étaient disposées des toiles d'un blanc immaculé. Puis, Bénédicte attrapa une petite télécommande qui commandait une grande enceinte sur laquelle était branché son iPhone. Une musique classique s'éleva dans l'air tandis que les deux jeunes femmes trempaient avec beaucoup d'adresse leurs pinceaux sur leurs palettes de peintures laissant échapper des effluves de térébenthine.

Presque deux heures plus tard, Masha totalement heureuse repartait de chez Bénédicte. En rentrant chez elle, elle tomba nez à nez avec sa sœur.

— Poli !

— Bonsoir, Mashen'ka !

Les deux sœurs s'étreignirent avant de s'embrasser. Leur mère arriva sur ces entrefaites.

— Mes deux filles en même temps sous le même toit ! Houla là ! Il va me falloir aller allumer un cierge ! s'esclaffa Sofiya.

— Tu exagères, maman ! Nous étions ensemble, il y a à peine…

Polina s'interrompit d'elle-même et rechercha dans sa mémoire quand elle s'était retrouvée ainsi, uniquement avec sa mère et sa sœur ? Tout en trouvant la réponse, elle se serra dans les bras de sa mère.

— Tu as raison, maman ! Cela fait un bout de temps…

— Poli, je ne saurais jamais pourquoi tu insistes pour contrer maman. Tu devrais savoir qu'elle a toujours raison !

— holà là ! Un compliment de Mashen'ka ! Que

vas-tu me demander, ma fille ?

— Oh, mais absolument rien, ma petite maman ! Je prenais juste ta défense.

— Ha ! Attends encore quelques minutes, maman, et tu verras que Masha ne pourra pas résister plus longtemps. Allez sœurette ! Lâche l'affaire que l'on puisse aller boire un smoothie !

— Que tu as des idées bien arrêtées sur moi, Poli ! Cela me blesse ! rétorqua Masha en posant ses mains sur son cœur tout en papillonnant des yeux, mimant un faciès attristé.

— Allez ! Encore une minute et tu vas nous faire pleurer, lâcha Polina, en s'appuyant aisément sur l'épaule de sa mère puisqu'elle la dépassait d'une tête.

— Me voilà meurtrie dans mon cœur, s'esclaffa Masha avant d'éclater de rire, aussitôt imitée par sa mère et sa sœur.

Finalement, Masha finit par dévoiler sa petite demande. Elle roulait en scooter depuis l'âge de dix-huit ans, bien qu'elle ait eu son permis moto puis, dernièrement, celui de voiture. Elle souhaitait alors vendre celui-ci pour s'acheter un véhicule neuf. Malgré l'argent qu'elle pouvait avoir de côté, elle n'aurait jamais assez pour le roadster de chez BMW qu'elle désirait tant. D'autant qu'elle venait d'envoyer un chèque de plus de sept mille euros pour réserver un stand avec Bénédicte pour une grande exposition de peintures qui se déroulerait dans quelques semaines dans le sud de la France et avait dépensé autant d'argent pour leur hébergement. C'est pourquoi Masha et Bénédicte se voyaient toutes deux tous les jours pour agrandir leur collection. Bien entendu, hormis leurs amis, personne d'autre n'était au courant de leur participation à cet évènement.

Masha n'eut aucun mal à convaincre sa mère pour se faire aider dans l'acquisition de cette voiture. Sofiya était quotidiennement inquiète de la savoir sur un deux roues dans Paris. Il y avait tant d'accidents… Alors de savoir que sa cadette allait enfin délaisser cet *engin* la ravissait au plus haut point. Bien entendu, elle n'avait jamais eu à s'inquiéter pour Polina. Bien que d'un caractère affirmé, celle-ci n'avait jamais causé de réel souci à ses parents. Il n'en allait pas de même avec sa cadette… Toutefois, Masha semblait enfin devenir un peu plus sérieuse et son caractère semblait s'assagir, surtout depuis que son père lui avait proposé de lui faire construire cette fameuse dépendance. Sofiya songea alors qu'elle allait enfin pouvoir souffler un peu. Elle avait beau avoir des occupations telles que faire du sport trois fois par semaine, afin d'entretenir son superbe corps malgré deux grossesses difficiles, prendre le thé deux fois par semaine chez son amie Caroline, et recevoir tout autant chez elle, elle n'en restait pas moins inquiète pour ses enfants. Heureusement qu'elle avait également un passe-temps qui lui occupait tout son esprit : elle prenait la plume au moins une heure par jour afin d'écrire une romance qu'elle avait commencée, il y avait déjà presque une année. Sofiya avait au moins un point commun avec sa cadette : savoir cacher à ses proches quelques secrets tels que celui d'être un écrivain en herbe.

Après avoir échangé sur la couleur désirée par Masha pour sa voiture et d'autres petits détails du quotidien de Polina, Sofiya souhaita s'entretenir avec ses filles au sujet d'un jeune homme. Mais elle souhaitait poursuivre leur conversation dans le salon. Tout en se dirigeant vers ce lieu, elle fit un signe élégant à Meredith, la bonne de la maisonnée, afin qu'elle leur serve une boisson. Meredith s'exécuta aussitôt avec un large sourire, car Sofiya avait toujours cette manière agréable de demander les choses. Elle était si complaisante que même ses domestiques la servaient toujours avec un faciès sincère. Sofiya prit place avec Masha sur le sofa et Polina s'installa confortablement sur un fauteuil moelleux situé en face d'elles. Moins d'une minute, plus tard, Meredith arrivait dans le salon avec un petit plateau rose-poudré sur lequel étaient disposés trois immenses verres colorés ainsi qu'un broc en cristal dans lequel un succulent jus de fruits frais n'attendait plus que d'être consommé. La servante leur servit un verre à chacune d'elles et fut remerciée dans la foulée par les trois femmes. Elle repartit sans faire de bruit tandis que Sofiya faisait tinter son verre contre ceux de ses filles. Elle but à peine une gorgée avant de se lancer dans une discussion qui lui tardait d'entamer.

— Que pensez-vous d'Alexandre de Lacy ?

Masha écarquilla les yeux, ne sachant pas de qui sa mère voulait parler tandis que Polina manqua de s'étouffer en avalant de travers une gorgée de son verre. Après s'être éclairci la voix, elle réussit néanmoins à répondre. Enfin, pas tout à fait une réponse, mais plutôt une interrogation.

— Tu parles de l'architecte ? s'exclama-t-elle toute nerveuse, en faisant tinter ses bagues sur son verre au souvenir de ce baiser que le jeune homme lui avait donné.

— Exactement, ma fille ! De l'architecte.

— Quel architecte ? demanda Masha.

— Celui que ton père a engagé pour dessiner les plans de ta dépendance.

— Jamais vu ! lâcha Masha en picorant quelques amuse-bouches que Meredith venait de déposer sur la table basse, au côté du premier plateau.

— Tu as raté quelque chose, Mashen'ka ! s'exclama Sofiya.

— Maman ! s'offusqua Polina tout en rougissant.

— Ah ! Je vois que ma sœur l'a déjà rencontré...

— Oui, je... l'ai rencontré le jour où il est venu ici pour rencontrer papa, lâcha-t-elle ce demi-mensonge en se saisissant à son tour d'un petit four tout chaud.

— Et alors ? Qu'en penses-tu ? demanda Sofiya en se sentant soudain heureuse de la voir si troublée.

— Ce que j'en pense ? Je n'en sais rien ! C'est quoi la question ? s'exclama Polina en plissant le regard qu'elle dirigea vers sa mère.

— Eh bien ! Comment le trouves-tu ?

— Comment ? Je n'en sais rien, maman ! À quoi tendent toutes ces questions ?

— Laisse tomber, maman ! rétorqua Masha. À par Vadim, personne ne pourra voler le cœur de ma sœur...

— Je te rappelle que Vadim est marié, Mashen'ka. On est bien d'accord avec cela, demanda Sofiya en fixant Polina, inquiète qu'il se soit passé quelque chose entre sa fille aînée et son ancien amour de jeunesse, sans qu'elle soit au courant.

Bien entendu, Sofiya était au courant du retour de Vadim…

— Bien sûr que oui, maman ! Que vas-tu t'imaginer ? J'ai tourné la page, il y a bien longtemps, mentit-elle, le cœur douloureux.

— Bien ! Alors ?

— Alors, quoi, maman ?

— Eh bien ! Ce jeune architecte, ne le trouves-tu pas à ton goût ? Il est timide, certes, mais fort bien agréable dans ses discussions.

— Timide ! s'exclama Polina. Tu plaisantes, j'espère ! Cet homme est tout sauf timide. D'ailleurs…, s'interrompit-elle en rougissant.

Elle l'avait trouvé plutôt arrogant, sûr de lui et elle avait encore en tête le souvenir de ce baiser au bon goût de violette échangé dans le parking, sans oublier sa visite à son bureau et le cadeau qu'il lui avait destiné…

— Oh, comme je suis heureuse d'avoir annulé ma soirée ! s'esclaffa Masha. Allez, lâche l'affaire à ton tour, ma sœurette !

Et durant presque une dizaine de minutes, leur discussion devint animée. Heureusement pour Polina, son père fit son entrée. Elles laissèrent en suspens ce dialogue purement destiné à la gent féminine. Sofiya songea alors qu'Alexandre de Lacy faisait peut-être déjà battre le cœur de sa fille aînée. Elle préféra alors abandonner le sujet pour en reparler ultérieurement en tête à tête avec celle-ci. La discussion revint donc à son point de départ, soit sur l'acquisition prochaine d'un certain véhicule d'une couleur absolument incroyable : rose !

Chapitre 7

Lundi 16 mai 2016

Polina avait décidé de s'accorder une matinée de repos afin de rallonger son week-end durant lequel elle avait énormément travaillé sur l'affaire Weissmuller, le fameux dossier pour lequel elle pensait qu'Alexandre de Lacy était venu les espionner.

Depuis plus d'une demi-heure, maintenant, elle se trouvait dans son bain. Sa poitrine ronde pointait fièrement sous l'eau parfumée devenue tiède et son corps trembla un tantinet dès qu'elle fit un mouvement pour ramener, vers son cou, la mousse qui flottait sur la surface de l'eau. Afin de réchauffer l'eau, elle remit en marche les remous de son Spa. Aussitôt, une multitude de frissons l'envahirent dès que les bulles chaudes caressèrent son corps. Quant à son esprit, il était troublé par un homme. Elle n'arrêtait pas de penser à Alexandre de Lacy. Pourtant, alors qu'elle fermait les yeux, ce fut le visage de Vadim qui lui apparut, plus beau que jamais. C'est alors qu'elle repensa à l'interrogation de sa mère. Comment pouvait-elle penser un seul instant qu'elle revoyait Vadim, à l'insu de tout le monde ? Pourtant, elle aurait donné tout ce qu'elle possédait, même son âme, pour le retrouver intimement encore une fois. À cette pensée, son corps se mit à vibrer tandis qu'elle posait sa main sur sa bouche avant de laisser glisser son index sur sa commissure gauche, là où Alexandre s'était permis bien plus qu'elle eût pensé l'autoriser un jour. Elle ne put s'empêcher de faire glisser ses doigts puis sa main le long de son cou, avant de s'arrêter brièvement sur le renflement de l'un de ses seins en effleurant la pointe de celui-ci. Mais elle n'arrêta pas sa course pour autant.

Bien au contraire…

Elle fit glisser sa main sur son ventre avant de la plonger vers le triangle de son intimité qui n'espérait qu'une seule chose : qu'elle ne se dérobe pas comme la dernière fois.

Tant de mois s'étaient écoulés depuis qu'un homme avait posé les mains sur elle !

La mousse du bain envahit à nouveau la surface de l'eau tandis qu'une vapeur s'élevait dans l'immense pièce entièrement carrelée d'une faïence blanche irisée. Polina soupira d'aise des multiples caresses qu'elle se dispensa.

Son corps avait faim.

Son cœur aussi…

Elle vibra plusieurs fois avant de se décider à ressortir de son bain. Tout en se séchant, elle se fixa dans l'immense miroir mural dont elle venait d'en allumer le cadre lumineux. En regardant ses joues rougies, elle resongea à la discussion qu'elle avait eue avec sa sœur à propos de relations sexuelles. Elle se convainc alors que Masha avait sans doute raison de se laisser aller ainsi auprès des hommes et d'accepter leurs caresses. Elle-même en avait tant l'envie. Tout en revêtant un peignoir moelleux — d'une magnifique couleur turquoise faisant ainsi ressortir la couleur verte de son beau regard en forme d'amande —, elle s'imagina aussitôt dans les bras d'Alexandre. Puis, elle se fixa de nouveau dans le reflet du miroir. Elle entrouvrit soudainement son peignoir et admira ses courbes. Elle ferma brièvement les yeux et Alexandre se retrouva à nouveau près d'elle. Elle l'imagina posant ses mains sur son corps, les faisant descendre par effleurement sur ses rondeurs. Le souvenir de Vadim s'y prêtant à le faire resurgit dans sa mémoire tandis que dans un même temps, une vague d'émotions la submergeait totalement à son insu. Ce fut soudain son visage ainsi que son corps qui lui apparut à nouveau.

Vadim…

Pourrait-elle un jour l'oublier ?

Elle écarquilla les yeux en ressortant de ses songes et referma son peignoir dont elle cintra la ceinture d'un coup sec comme pour se remettre les idées en place.

En se rendant dans sa chambre, elle se laissa tomber à la renverse sur son lit, avec un soupir d'aise. Elle ressentait encore toutes ces vibrations agiter son corps. Elle laissa échapper un petit rire cristallin en repensant au plaisir qu'elle avait osé se donner. Elle s'étira comme un petit chat avant de s'asseoir sur le bord du lit quelques secondes. Puis, avec les joues toujours rougies d'émotions, elle décida d'aller se préparer un déjeuner léger avant d'aller s'apprêter pour se rendre à son bureau. Une heure plus tard, tout en lisant un premier e-mail, elle se demandait comment Alexandre de Lacy avait réceptionné le petit pli qu'elle lui avait fait parvenir, il y avait déjà plusieurs jours. Voilà qu'elle doutait à nouveau de son geste.

Avant de lui envoyer ce mot, dans un premier temps, et après s'être interrogée sur ce qu'elle devait faire, elle s'était décidée à l'appeler. Cependant, après avoir composé son numéro de téléphone, puisque son ami Constant le lui avait communiqué, elle avait raccroché avant qu'Alexandre ne lui réponde tellement un tumulte d'émotions l'envahissait. Il ne lui avait fallu alors que quelques minutes pour savoir comment lui manifester ses remerciements. Sur un petit carton rectangulaire d'une belle couleur crème, elle avait pris son stylo-plume et d'une traite, elle y avait couché ces mots :

Cher Monsieur de Lacy,

Votre présent me touche profondément. Je ne sais comment vous remercier d'une telle attention. Peut-être un déjeuner, si cela vous sied ? Toutefois, j'ose espérer que vous n'attendez pas de moi autre chose. Je ne peux vous témoigner plus qu'une simple relation amicale.

Si ma réponse vous désoblige, je comprendrais que vous souhaitiez récupérer ces œuvres. Alors, faites-le-moi savoir.

Bien à vous,

Polina Leonidov

Tout en remettant ce pli à Julie afin qu'elle le fasse parvenir — par porteur — à Alexandre, Polina s'était alors convaincue qu'un mot par écrit était ce qu'il y avait de mieux, d'autant qu'elle n'avait aucune idée de quand elle recroiserait son chemin, s'il décidait de ne pas lui répondre.

Une heure plus tard, ce pli était bien arrivé chez Alexandre. Cependant, était-ce à cause de l'un de ses serviteurs qui n'avaient pas pris la peine de le lui remettre en main propre ou bien à cause de Cécilia qui avait trouvé le petit carton avant lui ? Le fait est qu'Alexandre n'avait jamais pu lire les quelques lignes écrites d'une plume élégante.

En fin de compte, Cécilia était l'unique coupable. Cela s'était passé alors qu'elle avait décidé qu'elle se rendrait quand même à la fameuse soirée du garçon de Terminal avec ou sans l'accord de son frère, bien que, quelques heures plus tôt sur le trajet du retour du lycée, ce même jour, elle eut acquiescé à son exigence. Cependant, alors qu'une heure plus tard, elle s'entretenait au téléphone avec Rachel avec laquelle elle montait déjà toute une histoire pour le samedi soir, afin d'emboucaner Alexandre en lui faisant croire qu'elle irait dormir chez les parents de son amie, celui-ci avait surpris leur conversation. Très déçu par son comportement, il l'avait privée de sortie pour tout le week-end. Aussi, en retournant dans sa chambre, Cécilia était tombée sur ce pli déposé avec le courrier du jour dans le hall d'entrée. L'écriture sur l'enveloppe l'avait aussitôt attirée tant les lettrines enluminées d'arabesques du prénom de son frère et de leur nom de famille y avaient été apposées avec art. Elle s'en était saisie et l'avait subtilisée à son frère en la cachant sous son pull. Pour quelle raison avait-elle fait cela ? Elle-même ne le savait pas. Pourtant, elle mourrait d'envie de l'ouvrir, rien que pour contrarier son frère. Surtout après avoir lu le nom de l'expéditeur : Polina Leonidov.

Une femme...

Encore une avec laquelle il lui faudrait batailler et ne pas s'entendre sinon, son frère ne s'occuperait plus d'elle et tournerait son attention uniquement vers cette nouvelle relation. Cécilia avait déjà tant souffert avec Ingritte, l'ex-copine d'Alexandre. Et elle avait tellement souffert également de la disparition soudaine de leurs parents qu'elle avait peur aujourd'hui de perdre Alexandre. Il était son unique famille.

Bien que Cécilia soit une jeune fille de dix-sept ans, proche de la majorité avec une envie forte de grandir et de devenir plus adulte, elle n'en restait pas moins une chipie. Elle avait alors fixé l'enveloppe qu'elle tenait entre ses mains et avait eu soudain la mauvaise idée de complètement la déchirer sans la lire, tant elle se trouvait encore dégoûtée d'avoir été ainsi punie par son frère.

Toutefois, elle n'en avait rien fait. En se jetant sur son lit, encore tout habillée, elle avait songé qu'elle remettrait peut-être cette enveloppe à son frère, plus tard. Si d'ici là, elle arrivait à décolérer.

En ce lundi, cela faisait donc quatre jours qu'Alexandre était supposé avoir reçu ce mot. Polina songea, de fait, que ces quelques lignes de remerciements n'avaient pas été à la hauteur des attentes de leur destinataire. En vérité, la cause était toujours du côté de Cécilia. Celle-ci ne l'avait toujours pas remis à son frère. Puisqu'elle avait été punie pour tout le week-end, elle s'était accordée encore vingt-quatre heures avant de lui remettre l'enveloppe. D'ailleurs, elle avait prévu de la lui remettre plutôt discrètement au risque de se voir infliger une autre sanction. Ce qu'elle fit en abandonnant le pli toujours intact entre les pages du journal du jour, afin de faire croire que ce pli n'était arrivé qu'avec le courrier du matin. Puis, elle se rendit au lycée, ravie de sa malice.

Une demi-heure plus tard, Alexandre récupérait le journal posé sur le guéridon de l'entrée, et le glissait dans son attaché-case. Il se rendit ensuite à deux rendez-vous avant de retourner à son cabinet. Ce fut seulement installé à son bureau qu'Alexandre aperçut le pli en question lorsque celui-ci tomba sur le sol alors qu'il ouvrait son journal. Ce qui lui permit enfin de prendre connaissance des remerciements et de la proposition de Polina. Son cœur s'en affola plus que de raison. Était-ce d'ailleurs par timidité ou bien par émoi ? Il mit un certain temps à se décider à appeler Polina à son bureau. Lorsque la voix de celle-ci s'éleva dans l'écouteur de son smartphone, Alexandre se ressaisit rapidement de ses émotions. Il songea que sa timidité le tuerait un jour. Il se racla rapidement la gorge avec discrétion et informa Polina qu'il acceptait avec plaisir un déjeuner avec elle. Polina se sentit tout émoustillée par la voix suave qu'il avait prise pour lui parler. Leur conversation resta néanmoins fort brève tant les pensées de Polina affolèrent le corps d'Alexandre.

Cette femme arrivait à avoir mille pensées en même temps !

Et pas seulement des pensées bienséantes…

Ils finirent par s'entendre sur une date et se donnèrent rendez-vous pour vendredi suivant. Tout en raccrochant, Alexandre entendit l'une des dernières pensées de Polina. Elle voulait absolument lui plaire, car elle venait de se dire qu'il lui fallait aller s'acheter une nouvelle tenue bien qu'elle n'en manquât absolument pas dans son immense dressing. Habiter seule avait parfois du bon pour ce qui était d'avoir de la place.

Pourtant, il lui arrivait parfois de penser qu'elle en avait bien trop !

Chapitre 8

Vendredi 20 mai 2016

Sofiya était satisfaite de voir que la construction de la dépendance pour Masha était une réussite. Le gros œuvre était achevé et les travaux de finalisation amélioraient chaque jour le lieu. C'est en s'y rendant ce jour-là qu'Alexandre s'en rendit compte lui aussi. Des effluves de peintures fraîches s'élevaient par les fenêtres entrouvertes lorsqu'il passa au-devant de l'une d'elles.

— Alors, mon cher, que pensez-vous de votre œuvre ? demanda Sofiya en le rejoignant dans les jardins puisqu'elle avait guetté son arrivée.

— Oh, je n'ai fait que dessiner les plans, Madame Leonidov, répondit-il en rougissant légèrement.

Sofiya adorait indéniablement ce garçon. Tout lui plaisait grandement chez cet homme. Elle aimait son allure réservée et timide ainsi que la façon qu'il venait d'user pour lui répondre avec beaucoup d'humilité alors que ses plans avaient été d'une réalité incroyable. Ce qui aurait pu le rendre arrogant.

— Moi je dis que sans un bon croquis rien n'aurait été possible, lâcha Sofiya en lui serrant la main.

Regardez ! ajouta-t-elle en lui faisant signe avec son autre main des deux constructions.

Cette petite dépendance était construite dans le style haussmannien tel que l'avait été Belle-Maison, et ce, jusqu'à la teinte semblable du revêtement extérieur, alors Sofiya voulait vraiment qu'il se rende compte de la beauté architecturale qui en résultait.

Voyant Alexandre gêné par cette flatterie, elle décida de le mettre plus à l'aise en lui proposant une boisson.

— Accepteriez-vous de partager avec moi un café ou bien un thé ?

— Ce sera avec plaisir, Madame Leonidov.

Le temps ensoleillé et la douce chaleur du printemps arrivant se prêtaient pour les plaisirs extérieurs. D'un même pas, ils se rendirent ensemble sur la terrasse de la magnifique demeure. Meredith fit aussitôt son apparition et sans que la maîtresse de maison ait à le lui demander, elle s'éclipsa avec un sourire d'entendement. Sofiya et Alexandre prirent place côte à côte. Ils avaient le même regard admiratif tourné vers l'étendue du parc, d'un vert tendre et rempli de bourgeons n'attendant plus qu'à fleurir. Sans un mot, ils semblaient tous deux se nourrir le cœur de cette vue. C'est alors que Meredith arriva avec un plateau qu'elle déposa au-devant d'eux.

— Ce sera tout, Meredith. Je m'en occupe.

La bonne repartit aussitôt tandis que Sofiya s'adressait à Alexandre.

— Un café ou bien un thé fait avec la menthe

fraîche du jardin ?

Alexandre se sentit rougir en repensant à ce goût de menthe qui l'avait agréablement surpris, un soir, dans un certain parking… C'est pourquoi sa préférence alla à cette boisson. Après quelques questions d'usages plus ou moins banales, Sofiya souhaita connaître un peu plus le jeune homme sans pour autant se rendre impolie. Mais elle avait envie de savoir qui se cachait sous cette timidité. Surtout depuis qu'elle s'était mise en tête qu'il pourrait être un époux parfait pour l'une de ses filles.

— Avez-vous toujours habité la région ? demanda-t-elle en sucrant son thé.

— Non. J'ai habité un duplex durant deux années dans la vallée de Chevreuse, mais la mort de mes parents m'a obligé à revenir vivre sur Paris.

— Oh, mon garçon ! Je suis désolée de l'apprendre. Je n'aurais pas dû être si indiscrète, excusez-moi !

— Ce n'est rien, Madame Leonidov. Il n'y a rien de mal dans vos propos. Et cela fait maintenant plusieurs années qu'ils sont décédés.

Voyant que Sofiya restait gênée, Alexandre ajouta :

— Ne vous inquiétez pas, Madame Leonidov, j'ai surmonté depuis ce chagrin, dit-il en caressant avec affection la main rassurante qu'elle avait posée sur la sienne. Le plus difficile a été et reste encore pour ma petite sœur…

— Je n'ose pousser l'indiscrétion afin de savoir pourquoi…

— Eh bien ! commença-t-il en s'éclaircissant un peu la voix, je suis devenu son tuteur légal avec tout ce que cela implique et entraîne.

— Quel âge a-t-elle ?

— Elle vient d'avoir dix-sept ans. Mais au moment de la disparition de mes parents, elle en avait tout juste treize...

Sofiya avala une gorgée de son thé tant sa gorge s'était serrée en entendant le ton avec lequel Alexandre s'exprimait. Elle songea alors qu'il n'y avait pas seulement pour sa petite sœur que cela avait dû être difficile. Elle n'avait pas besoin d'être extralucide pour le savoir. Ce garçon avait dû souffrir lui aussi de cette perte. Et connaissant l'âge de celui-ci, elle songea qu'à l'âge de vingt ans, cela n'avait pas dû être facile pour lui de poursuivre l'éducation d'une jeune enfant. Et pourtant, dès qu'il avait parlé de sa petite sœur, son visage s'était éclairé comme si elle se trouvait là, devant ses yeux. Ils avaient poursuivi leur conversation sur un ton plus intime. Alexandre se sentait assez en confiance pour lui parler de Cécilia et lui demander des conseils. Après tout, Sofiya avait élevé deux filles. Au fil des mots échangés, Sofiya songea qu'il était la bonté même incarnée, elle en avait la certitude. Ce garçon était vraiment un homme de bien.

Pourtant, Alexandre n'osa pas lui avouer qu'il avait rencontré Polina plusieurs fois et même qu'ils devaient déjeuner ensemble prochainement. Il préférait lui taire cette information et voir ce qu'il se passerait entre Polina et lui à l'issue de cette rencontre qui le rendait déjà un tantinet nerveux...

Le vendredi midi arriva rapidement. Alexandre

devait retrouver Polina au restaurant Loulou situé devant le Musée des Arts décoratifs. Installée à la superbe terrasse de ce lieu, Polina se regardait pour la troisième fois dans son petit miroir de poche et réajustait tout autant sa robe fourreau qui lui enveloppait sublimement tout le corps du cou jusqu'au-dessous des genoux. Elle était magnifique et les passants et autres visiteurs du Louvre la regardaient d'un œil admiratif. Ce qui fit douter Polina.

— *Je me suis peut-être trop apprêtée pour ce rendez-vous,* songea-t-elle.

Alexandre qui arrivait derrière elle comptait bien répondre à sa question silencieuse après l'avoir entendue dans sa tête. Il ajusta la veste de son costume qui lui carrait parfaitement les épaules et tira légèrement sur ses manches pour être parfait. Avant de s'avancer vers elle afin de lui dire bonjour, il songea lui aussi qu'il avait peut-être un peu forcé sur sa tenue. Cependant, il songea qu'il devait paraître quelqu'un d'autre et plus précisément un espion qui n'avait pas froid aux yeux. C'est pourquoi il se rapprocha de Polina et tout en lui faisant connaître sa venue, il se pencha vers elle et déposa un baiser près de ses lèvres. Ce contact les électrisa tous les deux. Alexandre se sentit rougir autant que Polina, mais se reprit si vite qu'elle ne s'en rendit pas compte. Il s'installa ensuite sur la chaise vide située en face d'elle.

— Vous êtes incroyablement séduisante, Mademoiselle. Cette robe vous va à ravir, lâcha-t-il sans la quitter du regard.

Polina ne répondit pas à ses paroles, mais lui présenta un magnifique sourire. De voir qu'il ne la reluquait pas et conservait toujours son regard rivé au sien lui plut plus que de raison. Lui aussi était superbe et comme elle venait de se le dire en pensées, Alexandre l'entendit avec une certaine satisfaction. Polina continua à rêvasser, les yeux toujours rivés aux siens. Elle trouvait qu'il émanait de cet homme quelque chose de magique. Elle s'apprêtait à lui faire un compliment, mais un serveur arriva et le charme fut rompu aussitôt. Sans se rendre compte qu'il venait de les couper dans un instant unique, il leur présenta la carte du jour avec un sourire aimable. Ce menu allant à leur préférence, ils passèrent instantanément commande. Le serveur se retira laissant derrière lui deux êtres un tantinet troublés l'un par l'autre. Alexandre décida de se lancer.

— J'espère que vous n'avez pas vu dans le présent que je vous ai fait autre chose que l'envie de vous présenter des excuses pour ce qu'il s'était passé entre nous dans le parking de votre société.

— Oh, alors ç'aurait dû être moi qui vous offre un présent ! lâcha-t-elle avec un petit rire nerveux. Je ne peux oublier que je vous ai tasé…

— Oui, ce n'est pas faux ! D'ailleurs, moi non plus je n'oublie pas ce moment mémorable ! dit-il en plaisantant avant de rire avec elle.

Elle riait toujours en songeant qu'il ne se pouvait pas qu'il soit un espion. Il était trop parfait pour jouer à un jeu avec elle. Un jeu dangereux, d'ailleurs, car elle se sentait troublée jusqu'au tréfonds de son ventre. Puis, instantanément, Polina s'arrêta de rire. Un couple se dirigeait vers eux, ce qui la bouleversa énormément. Alexandre ne voyait pas qui venait en direction de leur table, mais les pensées de Polina s'affolèrent perturbant ainsi l'esprit d'Alexandre. Vadim et son épouse allaient dépasser leur table.

— *Non ! Ce n'est pas possible ! Mon Dieu ! Faite qu'il ne me voie pas, je Vous en supplie !*

Mais les prières silencieuses de Polina ne reçurent aucun écho. Vadim se mit à ralentir le pas en accrochant son regard à celui de Polina. Une atmosphère les enveloppa tous les deux lorsqu'il s'arrêta sans prévenir Moïsha. Il n'en revenait pas de revoir Polina. Elle était aussi belle que dans ses souvenirs et séduisante plus que jamais. Toujours sans un mot, il posa — avec une touche de fascination — sa propre main sur le haut de son ventre, là où un autre l'aurait posée sur son propre cœur. Son pouce était posé en biais sur son sternum tandis que ses autres doigts restaient écartés en dessous.

Ce geste était particulier et n'appartenait qu'à lui. Et pour Polina, celui-ci signifiait bien plus que ce qu'il laissait entrevoir. Il y avait dans ce geste la retenue du tumulte des émotions de son cœur. La toute première fois que Vadim avait fait ce geste, c'était le jour où il lui avait avoué son amour pour elle.

Un malaise s'installa autour d'eux et c'est à ce moment-là que Moïsha et Alexandre se rendirent compte que quelque chose clochait. Moïsha secoua la main de son mari pour le sortir de sa torpeur tandis que Polina battait des paupières comme si elle se rendait à nouveau compte de l'endroit où elle se trouvait. Elle se sentait complètement bouleversée de le revoir. Il était incroyablement beau et identique à ses souvenirs. Son cœur se mit à battre sur un rythme plus rapide, et Alexandre, qui entendait toujours ses pensées, s'en trouva fort surpris par celles-ci. C'est alors qu'il se rendit compte que Polina était fortement éprise de Vadim. Il en avait presque mal au ventre pour elle tant il ressentait sa souffrance au travers de ses pensées.

— Tu ne nous présentes pas, Vadim ? demanda Moïsha tandis qu'Alexandre s'était relevé de son assise par politesse.

— Moïsha, voici… une amie d'enfance, Polina Leonidov et…, ajouta-t-il d'un geste de la main sans pouvoir dire quelque chose au sujet d'Alexandre, qu'il ne connaissait pas, bien évidemment.

D'être présentée comme une simple amie d'enfance fit remonter une rancœur dans le corps de Polina. C'est pourquoi, en ayant compris qu'il s'agissait de l'épouse de l'être tant aimé qui se trouvait là, à la place qu'elle aurait dû occuper, Polina rétorqua vivement avec froideur à cette interrogation.

— Vadim ! dit-elle en se relevant à son tour de son assise, bien que ses jambes tremblent énormément. Quelle surprise de te revoir ! ajouta-t-elle en lui tendant la main qu'il daigna prendre tant il était interloqué par le ton et l'attitude qu'elle prenait envers lui.

Mais Polina n'aurait pas pu agir autrement avec lui en présence d'autres personnes. Elle n'avait jamais pu supporter que Vadim quitte le pays et l'abandonne ainsi sans lui donner la moindre nouvelle durant plusieurs années et sans qu'il lui laisse la moindre opportunité de le rejoindre. Moïsha attendait toujours que Vadim la présente, mais Polina fut plus rapide que lui malgré l'aigreur qui l'envahissait totalement.

— Et je suppose que voici Madame Volochenko ! s'exclama-t-elle en fixant celle-ci avec un sourire factice tant elle souffrait.

— Tout à fait ! s'exclama à son tour Moïsha. Je suis bien Madame Volochenko ! rétorqua-t-elle nerveusement avec un pincement de rivalité au creux du ventre.

Il faut dire que Vadim ne l'avait jamais regardée comme il regardait en cet instant cette femme. Et Moïsha n'avait jamais supporté la concurrence. Il lui fallait toujours être le centre d'attention auprès de la gent masculine. C'était ainsi qu'elle agissait depuis toujours. Et aujourd'hui, cela avait fonctionné puisqu'elle avait réussi à se faire épouser par l'un des plus grands chirurgiens ayant moins de trente-cinq ans, qui était loin d'être chauve et surtout très beau.

Les deux femmes se jaugeaient toujours lorsqu'Alexandre, mal à l'aise, se racla discrètement la gorge, ce qui eut pour effet de rappeler à Polina qu'il se trouvait toujours là, à ses côtés. Elle délaissa du regard Moïsha pour plonger ses yeux dans ceux de Vadim.

— Ah, mais voilà que je manque à toutes politesses, Vadim ! Laisse-moi te présenter mon *tendre* ami, Alexandre de Lacy !

Alexandre ne savait plus où donner de la tête tant

les paroles dites et les paroles pensées de Polina le troublaient de plus en plus. Et au lieu de se sentir flatté d'être ainsi présenté, il ressentait toute cette douleur et cette fragilité qui avaient envahi Polina depuis que ce couple s'était arrêté à leur hauteur. Moïsha, ravie de savoir que cet homme était l'ami certainement intime de sa rivale, en profita pour le saluer avec un large sourire.

— Je suis enchantée, Monsieur de Lacy.

Alexandre répondit à son geste en lui tendant la main, mais Moïsha n'avait pas l'intention de s'éterniser auprès d'eux. Cette magnifique blonde lui faisait trop d'ombre. Il lui fallait s'en éloigner au plus tôt.

— Mais nous n'allons pas vous déranger plus longtemps, n'est-ce pas Vadim ?

— Comment ? demanda Vadim en ressortant de ses pensées qui le torturaient de savoir que cet homme était avec Polina.

Qu'elle lui appartenait intimement, il en était certain. Il n'aurait jamais cru possible un jour d'être aussi jaloux d'un homme. Moïsha, s'apercevant que son mari ne bougeait toujours pas, ajouta :

— Je vois que notre table est prête ! Nous y allons ! ajouta-t-elle à l'intention de son mari.

— Heu… Oui, bien sûr…, réussit-il à prononcer sans pour autant relâcher du regard Polina et surtout sans faire le moindre pas.

Celle-ci avait toute une multitude de pensées qui lui traversaient et lui meurtrissaient l'esprit. Quant à Vadim, il sentit son cœur se briser encore une fois. Il aurait tant voulu ne jamais la revoir. Cependant, Polina semblait souffrir bien plus que lui. Elle semblait même brisée de l'intérieur plus qu'un être ne peut le supporter. Pourtant, elle resta là, debout, dans une allure fière alors qu'elle aurait tant voulu hurler sa douleur. Vadim ne savait que dire. Lorsque son regard croisa à nouveau celui de Polina, il y vit quelque chose d'indescriptible et de si soudain qu'il n'osa pas vraiment essayer de comprendre la traduction que ses propres émotions lui faisaient ressentir. Alexandre qui entendait continuellement les pensées de Polina se trouva soudainement surpris en la regardant fixer toujours Vadim.

— *Mon Dieu ! Que je t'aime Vadim ! C'est moi que tu aurais dû épouser…,* se dit-elle, en silence.

Le malaise les entourant allant en grandissant, Moïsha, qui tenait toujours fermement la main de son mari, le tira à elle afin de le faire ressortir de ses pensées.

— Je suis ravie de vous avoir rencontrés, mais nous allons devoir partir. Vadim ! l'interpella-t-elle une dernière fois, agacée par cet affront qu'il lui faisait subir.

Ce dernier salua brièvement du regard Polina tout en jetant un simple regard de politesse à Alexandre. Puis, avec son épouse accrochée à son bras, il s'éloigna de leur table. Ils allèrent s'installer à leur tour sur une table légèrement éloignée de la leur. Polina, totalement bouleversée, pria Alexandre de l'excuser et se rendit aux toilettes. Quelques secondes plus tard, tout en se regardant dans le miroir positionné au-dessus du lavabo, elle se demandait comment elle allait pouvoir survivre à cette nouvelle. Elle finit par se ressaisir, certes, avec beaucoup de difficultés et elle ressortit des lieux comme elle y était entrée, c'est-à-dire avec un sourire forcé. Lorsqu'elle revient s'asseoir à table, son visage continua d'offrir à son entourage ce sourire. Cependant, Vadim qui la connaissait si bien surprit son regard qui restait marqué d'une grande affliction. Et si Alexandre ne le remarqua que légèrement, en entendant les pensées de celle-ci, il comprit à quel point elle était en train de vivre un supplice.

Lui qui était si protecteur d'habitude avait soudain envie de la serrer contre lui pour la rassurer et lui dire qu'elle ne craignait plus rien. Puis, sans le vouloir, en ressentant Polina dans une telle détresse, cela le plongea instantanément quelques années plus tôt lorsqu'il avait perdu ses parents. Polina avait sur le visage le même chagrin que Cécilia avait eu à l'annonce de leur mort. On aurait dit que Polina venait de perdre quelqu'un de très cher à son cœur…

Au lieu de se satisfaire de cette rencontre qui lui avait permis d'être présenté comme un *tendre* ami, Alexandre décida de ne rien faire. Il reprit la conversation qu'il avait commencée quelques minutes plus tôt avant l'arrivée inopportune de ce couple. Polina ne le remercia pas directement, mais elle lui en fut silencieusement fortement reconnaissante. Alexandre échangea avec elle sur les œuvres de Jane Austen avant que Polina, avec légèreté, s'intéresse aux centres d'intérêts qu'il pouvait avoir. Mais Alexandre n'était pas dupe. Il savait qu'elle se forçait à le faire. Ce rendez-vous, qui aurait dû être fort agréable pour tous les deux, était en fait devenu un calvaire. Autant pour Polina que pour Alexandre. Elle aurait voulu fuir les lieux et s'enfermer dans une chambre pour l'éternité tandis qu'Alexandre aurait voulu ne plus l'entendre penser à Vadim...

Polina ne retourna pas à son bureau après ce déjeuner. Elle se rendit directement chez son ami Constant. Aussitôt qu'il lui ouvrit sa porte d'entrée, il comprit tout de suite que Polina venait de croiser le chemin de Vadim. Il avait su par Sofiya que Vadim était de retour en France et qu'il s'était marié. Constant passait de temps en temps à l'improviste prendre un thé chez les Leonidov, cependant, cette fois-là, c'était Sofiya qui lui avait demandé de venir. Soucieuse au sujet de sa fille aînée, Sofiya l'avait contacté pour discuter avec lui de Vadim dès lors qu'elle avait eu connaissance de son retour. Cependant, avant cet instant, Constant n'avait pas osé en discuter avec son amie Polina et il semblait, au fond de lui, le regretter amèrement.

— Tu l'as croisé, c'est cela, hein ? demanda Constant en la maintenant par les épaules afin de plonger son regard dans celui de Polina.

— Tu étais au courant de son retour et tu n'as même pas pris la peine de me le dire ! rétorqua-t-elle avec le visage déconfit.

— Qu'aurais-tu voulu que je t'annonce ? Que ton amour était rentré de Russie et, assurément, qu'il était fermement marié ?

— Oui ! Quelque chose dans le genre m'aurait convenu ! Te rends-tu compte que c'est Masha qui me l'a annoncé, il y a plusieurs jours ? Et aujourd'hui, je l'ai rencontré avec son épouse, Constant ! Son épouse ! s'exclama-t-elle.

— Je suis désolé, Poli.

Elle fixa son ami de toujours, le regard brillant de larmes. Puis, elle se jeta dans ses bras.

— C'était horriblement douloureux et humiliant ! s'écria-t-elle en explosant en pleurs.

Et Polina lui raconta la scène passée. Alors, Constant fit ce qu'il savait faire le mieux : la réconforter telle la très *bonne amie* qu'il était pour elle. Polina resta à déjeuner chez lui et son concubin. Bien que son cœur demeurât triste en repartant de chez eux, Polina avait passé une agréable soirée. Avoir des amis gays avait du bon. Elle n'avait pas eu à souffrir d'assister à un quelconque échange d'affections, car tous deux étaient fort discrets. D'autant que dans ce cas-là, il n'y avait pas eu de femme pour lui rappeler ce que c'était que d'être aimé par un homme…

Chapitre 9

Jeudi 26 mai 2016

Polina n'arrivait pas à se remettre de sa rencontre avec Vadim et son épouse. Elle venait de passer la semaine dans un état cotonneux, le cœur serré et les idées complètement embrouillées. Son père lui avait fait remarquer qu'elle paraissait être ailleurs, lorsqu'ils s'étaient vus au bureau. Pourtant, Polina ne s'était pas épanchée auprès de lui, mais en retournant dans son bureau, elle avait aussitôt appelé sa mère. En entendant la voix chevrotante de sa fille aînée, Sofiya lui avait demandé de venir la voir, le soir même, en sortant du bureau. Sa mère, à nouveau inquiète pour elle, l'avait reçue avec le visage tiré. Au fil de la conversation qui s'était avérée fort courte, Sofiya était tombée des nues en comprenant entre les lignes que Polina était encore tellement éprise de cet amour de jeunesse. Lorsqu'elle l'avait mise en garde quelques semaines plus tôt lors d'un apéritif durant lequel Masha avait été présente, elle n'aurait jamais imaginé un seul instant être autant dans le vrai. En comprenant la détresse de sa fille, Sofiya l'avait rassurée comme elle l'avait pu.

— Je sais que c'est difficile pour toi, ma fille, mais Vadim est marié, lui avait-elle dit durant cette petite conversation. Il te faut tourner la page et projeter ton regard vers d'autres horizons, sinon tu resteras malheureuse toute ta vie…

Polina avait décidé de ne pas en rajouter en apercevant l'inquiétude qui marquait les traits si beaux du visage de sa mère. Elle savait, de toute façon, que celle-ci avait totalement raison. Sofiya s'était sentie confiante lorsque Polina lui avait présenté un sourire, malgré tout un tantinet timide. Mais comme sa fille lui avait assuré que sa peine n'était due qu'à la surprise d'avoir revu Vadim sans qu'elle s'y attende, Sofiya s'était contentée de cette courte explication. Pourtant, alors que Sofiya avait refermé la porte d'entrée sur les pas de Polina, elle avait songé que sa fille devait être encore fortement attachée à Vadim pour être ainsi retournée. Et évidemment, Sofiya avait bien eu raison ! Sur le chemin la ramenant chez elle, Polina s'était raisonnée et avait décidé de passer à autre chose. Pourtant, une fois arrivée dans cet immense appartement dans lequel personne ne l'attendait, elle s'était effondrée à nouveau. En ouvrant son double congélateur pour jeter son chagrin dans des sucreries glacées, elle avait explosé dans un rire nerveux malgré les larmes qui ruisselaient sur son beau visage. Elle avait eu en tête un souvenir datant qu'elle avait vécu avec sa petite sœur. Maintes fois, toutes deux s'étaient moquées des films dans lesquels le héros ou l'héroïne se jetait sur un gigantesque pot de glace Haagen Dazs pour noyer ses peines de cœur… En vain, car hormis le risque d'attraper une belle indigestion, leur peine était toujours présente. Polina avait refermé son congélateur sans rien prendre et avait opté pour un thé à la menthe fraîche provenant du potager de Belle-Maison et quelques pâtisseries confectionnées par Meredith. Après ce petit encas, elle avait décidé d'accepter la situation et renoncer aux sentiments qu'elle éprouvait toujours pour Vadim. Puisque le destin avait décidé qu'elle ne devait pas vivre auprès de lui et qu'elle ne serait pas la mère de ses enfants, c'est que cela devait se passer ainsi. C'est avec cette certitude qu'elle s'était endormie. Puis, au lendemain matin, elle avait déjà replongé le nez dans ses dossiers et plus précisément dans l'affaire Weissmuller. Ce qui lui avait occupé l'esprit pendant plusieurs jours.

Durant presque ces quinze jours passés, comme Cécilia était en congés scolaires pour une semaine, Alexandre l'avait emmenée en villégiature à Cannes. C'était une réservation faite de longue date pour laquelle Cécilia avait été, lors de la connaissance de celle-ci, fort joyeuse. Pourtant, son humeur en avait été tout autre à peine partie de Paris. Elle n'avait plus voulu s'y rendre et aurait préféré rester chez eux. Mais Alexandre n'avait en rien acquiescé à cette demande qui s'était transformée une nouvelle fois en une petite dispute. Une fois sur place, Cécilia avait fini par accepter son sort et s'était calmée. Ce qui n'avait pas été du luxe pour Alexandre qui avait dû endurer, dans le vol les emmenant dans le Sud, toute la mauvaise humeur de sa petite sœur. Mais ce sursis de calme avait été de courte durée. Hormis le plaisir de profiter des boutiques de luxe ainsi que du Spa de l'hôtel Martinez dans lequel ils étaient descendus, la jeune fille n'avait pas apprécié plus que cela son séjour sous le soleil méditerranéen. Et son mécontentement n'avait fait qu'empirer lorsque, lors d'un énième échange de textos qu'elle avait eu avec sa copine Rachel, Cécilia avait appris que son nouveau petit ami avec lequel elle était sortie trois jours avant la fin des cours s'intéressait fortement à l'une de ses rivales. De quoi la faire rentrer dans une colère et devenir suffisamment insupportable pour faire tourner en bourrique son frère… Pourtant, Alexandre, bien qu'à l'écoute de ce jeune cœur, avait décidé de ne pas abréger leur séjour. Il avait même profité des lieux et visité l'arrière-pays et quelques musées alentour, traînant difficilement derrière lui sa petite sœur. Durant ces visites, il avait pensé à Polina et s'était demandé dans quel état elle pouvait se trouver. Toutefois, ses sentiments étaient mitigés à son égard. De savoir que le cœur de celle-ci appartenait secrètement à un autre était pour lui fort troublant. Il ne voulait surtout pas s'engluer avec elle dans des amours illusoires, sans espoir et avec l'incertitude qu'elle ne l'aimerait jamais autant que cet homme. C'est pourquoi il était parti en vacances avec sa sœur sans prendre la peine de lui déclarer ses sentiments. D'autant qu'il n'était pas certain de pouvoir l'aimer autant qu'elle aimait cet amour impossible.

Masha aussi avait voyagé durant cette période. Elle se trouvait en ce moment elle aussi dans le sud de la

France, plus précisément à Cannes, avec son amie Bénédicte, à l'exposition tant attendue pour laquelle elles avaient joué assidument du pinceau les trois derniers mois. Leurs toiles avaient été livrées bien avant leur arrivée et n'avaient attendu que leur venue pour être installées correctement dans la galerie immense où plusieurs autres artistes exposaient les leurs. Tout en répondant aux demandes des clients, elles savouraient toutes deux une boisson fraîche.

— Tu as vu tout ce monde ! s'exclama Bénédicte.

— C'est fantastique ! Je suis aux anges ! rétorqua en gloussant Masha.

C'était la première fois qu'elle exposait ses œuvres au grand public et elle avait déjà vendu deux toiles alors qu'il n'était pas encore midi.

— Je suis heureuse que cette exposition te ravisse, ma belle ! Je t'ai toujours dit que tu avais du talent. Tu aurais déjà pu exposer l'année dernière, tu sais…

Masha serra son amie entre ses bras tant elle se sentait heureuse. De nouveaux clients arrivèrent et toutes deux se relevèrent de leur petite chaise afin de les accueillir sur leur emplacement.

Non loin de là, dans l'une des allées, se trouvaient Alexandre et sa sœur. C'était leur dernier jour dans le Sud et Alexandre avait réussi à entraîner Cécilia à cette exposition que lui avait tant vantée le concierge de l'hôtel. Alexandre aimait les vieilles choses, les vieux objets, les vieux meubles et surtout, les vieux tableaux. Mais il n'était pas contre l'achat d'une toile récente si l'artiste avait du talent. En voyant un petit attroupement devant le stand de Masha et de Bénédicte, c'est naturellement qu'il s'y dirigea. L'une des deux jeunes femmes le troubla, ce qui le surprit lui-même. Il y avait quelque chose dans son allure qui le séduit aussitôt et sa voix était comme un chant céleste. Puis, leurs regards s'accrochèrent, assez fortement pour faire disparaître tout autour d'eux. C'est alors qu'Alexandre sentit son pouls battre dans tout son corps. Il avait l'impression que celui-ci ne pesait plus un seul gramme tant il se sentait léger pour la première fois de sa vie. Il voulait lui parler. Non ! En fait, il devait lui parler au risque de mourir sur place s'il ne le faisait pas. Son regard était toujours rivé au sien lorsqu'il s'approcha un peu plus près du stand et pendant de douces secondes, il eut de l'espoir lorsqu'elle lui sourit. Mais au moment où Alexandre prenait son courage à deux mains afin de lui adresser la parole, Cécilia le tira brusquement vers elle rompant ainsi le charmant coup de foudre qui les enrobait.

— J'ai faim, Alex !

Il sentit aussitôt tout le poids de son propre corps peser comme du plomb. Cécilia avait décidé de lui gâter son séjour et, finalement, elle y arrivait parfaitement ! Il essaya bien de la convaincre de rester encore quelques minutes, mais sa jeune sœur n'avait aucune intention de lui céder. Résigné, il fixa la jeune femme brune qui avait dû détourner le regard à cause d'un client qui l'interrogeait sur l'une de ses toiles. Alexandre s'éloigna d'elle tandis qu'elle lui jetait un dernier regard, le cœur contrarié autant que lui. Lorsqu'il revint au stand, une heure plus tard, la jeune femme n'était plus là. Il regarda le cadran de sa montre tout en songeant qu'il était seulement *maintenant* l'heure de déjeuner. Il regrettait presque d'avoir traîné sa sœur à cette exposition. En se rapprochant du stand, Alexandre sentit son courage déserter son corps et sa timidité, reprendre le dessus. Il fixa brièvement du regard la grande rousse qui discutait avec un client. Il lui était soudain impossible d'aller lui demander où se trouvait l'autre jeune femme, alors qu'il en mourrait d'envie. Sans prendre le temps d'admirer les toiles, il s'éloigna à grands pas du stand, Cécilia sur les talons avec le nez scotché à l'écran de son téléphone.

— *Imbécile !* se tonna-t-il en silence, le cœur envahi d'une certaine amertume et battant à mille à l'heure.

À peine tournait-il dans une allée pour se diriger vers la sortie, que Masha arrivait sur son emplacement, leur déjeuner en main.

— Et voilà ! s'exclama-t-elle tout heureuse en prenant place au côté de Bénédicte tout en lui tendant l'un des deux sandwichs qu'elle venait d'acheter avec des boissons fraîches. Nous sommes prêtes pour affronter la foule !

Mais Masha ne put s'empêcher de balayer du regard les lieux, au cas où Cupidon lui laisserait entrevoir, encore une fois, le bel inconnu qu'il avait mis sur son chemin.

À leur retour à Paris, Alexandre fut soulagé de n'avoir plus à supporter le caractère emporté de Cécilia en songeant que maintenant qu'elle avait retrouvé ses repères, elle s'assagirait. Mais la tempête refit surface dès lors que celle-ci apprit par Rachel que son petit copain la trompait avec sa plus grande rivale. Bien qu'Alexandre ne soit pas au courant des faits réels, Cécilia en voulut plus à son frère de l'avoir emmenée loin de ce garçon qu'à ce garçon lui-même ! Alexandre se trouva alors dépassé par la tournure des évènements. Il ne savait absolument pas vers qui se tourner, n'ayant pas de tante ou d'oncle étant donné que ses parents avaient été des enfants uniques. Il serait bien tenté d'appeler madame Leonidov pour qu'elle puisse l'aider dans cette affaire, mais la peur qu'elle trouvât sa demande déplacée, le fit renoncer à la solliciter. Alexandre dut ainsi supporter seul l'animosité de sa sœur durant trois jours de plus. Le quatrième jour, sa patience fondit comme neige au soleil lorsque Cécilia, en rentrant du lycée, lui annonça qu'elle était au bout de sa vie. Elle jura de vilaines paroles, retourna tout autant sa chambre de fond en comble en criant qu'elle ne pourrait jamais se remettre de cet amour perdu sans oublier au passage de crier haut et fort qu'elle en voulait à mort à son frère, car elle estimait que si son petit copain l'avait trahie c'était uniquement de la faute d'Alexandre...

Lors du cinquième jour, alors qu'il roulait en direction de la maison des Leonidov afin de s'assurer, en tant que maître d'œuvre, que la construction de la dépendance arrivait bien à son terme et qu'il n'y aurait aucun retard ou désagrément de dernière minute, Alexandre songea qu'il pourrait glisser à la mère de Polina deux mots au sujet de sa sœur. Dès son arrivée à

Belle-Maison, il retrouva le maître d'ouvrage qui lui assura que les travaux arrivaient à leur fin et que la livraison des lieux se ferait donc sous une huitaine de jours. Alexandre, satisfait, décida d'aller annoncer la bonne nouvelle à madame Leonidov. Comme à son habitude, elle le reçut avec une joie non cachée. Et comme elle était au courant de sa venue, elle avait demandé à Meredith de leur préparer un thé à la menthe, boisson qui depuis était devenue la préférée d'Alexandre. Celui-ci fut ravi de partager avec elle cette collation assortie de petits fours sucrés. Après avoir appris cette nouvelle pour laquelle Sofiya était empressée de prévenir sa fille Masha, elle lui demanda des nouvelles de son séjour à Cannes puisque lors de leur dernière entrevue, Alexandre lui avait précisé son départ en vacances avec sa petite sœur. Il n'en fallut pas plus à Alexandre pour s'épancher auprès d'elle des soucis qu'il rencontrait actuellement avec Cécilia. Sofiya le rassura tout en lui disant qu'il avait bien eu raison de ne pas céder à sa sœur sur le fait qu'elle était désagréable avec lui alors qu'elle lui devait le respect. Elle lui donna toutefois comme petit conseil d'être plus ouvert au cœur de celle-ci, car à cet âge, il s'avérait parfois dangereux de ne pas prendre au sérieux des histoires de cœur. Alexandre se sentit soulagé de recevoir ces précieux conseils. Il avait également besoin de se sentir plus léger en avouant à Sofiya qu'il connaissait Polina et avait déjeuné avec elle. La mère de Polina se sentit aux anges en apprenant cela. Mais au fil de la conversation, elle comprit aussi qu'Alexandre avait assisté à une entrevue entre sa fille aînée et Vadim. Pourtant, elle ne ressentit aucune jalousie dans les paroles du jeune homme. Il semblait même vouloir faire comprendre à Sofiya que Polina était en fait très affectée par cette rencontre. Sofiya se permit alors de raconter à Alexandre la vie passée de Polina. À tout le moins, la partie concernant le départ de Vadim…

Après plus d'une heure d'échanges, Sofiya se rendit compte également que ce jeune homme n'était pas épris de Polina comme elle l'avait tant souhaité. Il semblait avoir de l'attention pour elle et certainement de l'estime et du respect, mais pas de l'amour. Elle l'avait bien vu dans son regard lorsqu'il lui avait parlé de Vadim. Elle n'y avait trouvé aucune jalousie. Or, un cœur amoureux est inévitablement jaloux…

Mais Alexandre n'aurait jamais pu démontrer de la jalousie à l'égard de Polina et de Vadim, puisque son cœur appartenait à une rencontre faite dans une certaine galerie d'art, même s'il n'avait pu adresser la parole à cette magnifique brune…

Alexandre avait remercié Sofiya et ils s'étaient quittés en s'assurant de se revoir pour la livraison des clés. Aussitôt arrivé chez lui, Alexandre avait mis instantanément en pratique, dès l'arrivée de sa sœur, les bons conseils de madame Leonidov. Il avait alors dit à Cécilia qu'il comprenait son chagrin et que ce garçon était stupide de préférer une autre qu'elle et qu'il ne la méritait pas. Du haut de ses dix-sept ans, Cécilia s'était jetée dans les bras de son frère en lui demandant pardon pour toutes les fâcheuses paroles qu'elle avait prononcées dans sa colère sans que celles-ci fussent pensées. Le calme était revenu chez eux, même si le cœur de Cécilia semblait brisé. Cependant, dès le lendemain soir, elle était rentrée à la maison joyeuse comme un pinson. A priori, un autre garçon lui faisait déjà battre le cœur…

Chapitre 10

Mardi 31 mai 2016

Polina fut surprise en recevant un appel d'Alexandre. Bien entendu, elle ne l'avait pas oublié, mais comme il ne lui avait pas vraiment manqué ces trois dernières semaines, elle n'avait, à vrai dire, pas pensé à le rappeler, même après leur déjeuner malencontreusement contrarié à cause de certaines retrouvailles. Toutefois, elle était contente d'entendre sa voix. D'ailleurs, lui aussi. Cependant, au fil de leur conversation, Alexandre — entendant toujours ses pensées — songea qu'il pourrait sans doute la revoir et essayer de la consoler de sa douleur. Enfin, pas comme un homme, mais plutôt comme un ami. D'autant qu'il se sentait toujours redevable envers madame Leonidov, du fait qu'elle lui avait sauvé la mise avec sa petite sœur. Ce pourrait être pour lui une façon de régler cette dette en faisant de même pour sa fille aînée…

Polina et Alexandre se retrouvèrent donc dans un nouvel endroit afin de prendre un café. Ou plutôt un thé… à la menthe ! Étant une adulatrice de toutes sortes de thés, Polina lui avait donc proposé la boutique de

Kusmi Tea sur les Champs-Elysées, boutique qu'elle affectionnait et dans laquelle elle se rendait fréquemment. Lors de cette nouvelle rencontre, Alexandre découvrit une nouvelle Polina. Elle était complètement différente de la dernière fois. Même ses pensées n'étaient plus tout à fait les mêmes. À croire qu'il avait en face de lui une tout autre personne. Après quelques paroles d'usages échangées, ils s'installèrent autour d'une table.

— Ma mère m'a dit qu'elle vous avait vu cette semaine.

— Oui, je suis passé afin de voir si tout se passait bien sur le chantier. La livraison est pour bientôt !

— J'ai pu constater cela, en effet ! La dépendance de ma sœur est magnifique. Vous avez beaucoup de talent, mon cher Alexandre.

Celui-ci se mit à rougir du compliment. Décidément, il n'arriverait jamais à contenir ses émotions. Sa timidité le perdrait un jour ou l'autre, c'était certain ! D'ailleurs, s'il avait été moins timide la semaine dernière lorsqu'il se trouvait encore à Cannes, il aurait pu regarder d'un peu plus près les tableaux et trouver la signature de l'une des jeunes femmes qui lui avait tant troublé le cœur. Il aurait pu ainsi au moins en connaître le nom. Mais non ! Encore une fois, il n'avait pas eu assez de courage pour affronter sa timidité. Polina s'aperçut qu'il rougissait au compliment prononcé et décida de le percer à jour. Un espion qui rougissait était toutefois assez rarissime…

— Est-ce que vous m'autorisez une question

indiscrète, Alexandre ?

— Bien sûr ! rétorqua-t-il vivement afin de se ressaisir.

— Lorsque je vous ai vu la première fois dans les parkings de mes bureaux, que veniez-vous y faire ?

Alexandre s'éclaircit la voix avant de lui répondre. Voyant qu'il hésitait, elle déposa sa main sur la sienne et l'étreignit légèrement avec affection. Alexandre se sentit encore plus gêné que précédemment. Ce contact qui, quelques semaines plus tôt, l'avait totalement électrisé ne le troublait pas comme il l'aurait dû. Avec un profond soupir, il lui répondit en lui annonçant la véritable histoire avec le portefeuille de sa sœur. Polina écarquilla les yeux avant de poser ses deux mains sur sa bouche. Puis, elle éclata de rire.

— Qu'y a-t-il de si drôle ? demanda-t-il, légèrement vexé en constatant qu'elle se moquait de lui sans aucune gêne.

— C'est que je n'aurais jamais songé à cette histoire venant de vous. Figurez-vous que je vous prenais pour un espion !

— Un espion ? répéta-t-il en faisant semblant de n'être pas au courant.

— Oui, un espion industriel !

Il éclata de rire avec elle lorsqu'elle le fixa d'un drôle de regard. Puis, elle ajouta en s'esclaffant tout en imitant l'accent qu'il avait pris la première fois avec elle pour lui répondre :

— L'avaire Thomaz Grown…

Alexandre s'arrêta de rire aussitôt et se mit à rougir

à nouveau. Polina continua de le fixer avant d'exploser totalement de rire. Finalement, Alexandre se détendit et l'accompagna dans ce moment d'égarement puéril. Ils poursuivirent leur conversation devant une tasse de thé brûlant qu'une serveuse venait de leur servir. Au bout de plusieurs minutes, Alexandre entendit des pensées qu'il aurait préférées ne pas entendre.

— *Allez, pose-lui la question ! Demande-lui ! Allez !* se convainc-t-elle en silence.

Polina avala encore une gorgée de son thé, puis elle se lança :

— Est-ce que vous partagez votre vie avec quelqu'un ?

— Heu…, oui, ma petite sœur, Cécilia, décida-t-il de lui répondre même s'il avait très bien compris le premier sens de sa question.

— Hum, je parlais plutôt d'une femme…

— Heu…, c'en est une ! lâcha-t-il en portant sa tasse à ses lèvres pour qu'elle ne voie pas la grimace qu'il tentait de contenir.

Voilà qu'elle s'intéressait à lui alors qu'il restait persuadé qu'elle aimait toujours cet amour d'enfance. Sofiya lui avait donné assez de détails pour qu'il en soit plus que certain. Alors, comment allait-il se sortir de cet intérêt soudain qu'elle semblait tout à coup lui vouer ?

Polina reposa sa main sur la sienne et ferma brièvement les yeux tandis qu'Alexandre se mit à déglutir en l'entendant penser.

— Non ! Personne ne partage mon lit ni ma douche ! lui souffla-t-il tant il était surpris par sa question restée silencieuse.

— Seriez-vous devin au point de m'entendre penser ? s'exclama-t-elle le regard écarquillé.

Alexandre ne s'était pas rendu compte qu'elle ne venait pas de prononcer ces paroles. En fin de compte, entendre Polina penser n'était plus du tout agréable. Bien au contraire. C'était troublant et même gênant. Et voilà qu'elle se mettait à penser à lui nu sous la douche, dans son lit…

— Stop ! Arrêtez ! la supplia-t-il.

— Mais je n'ai rien dit ! s'esclaffa-t-elle en le voyant gêné comme un adolescent.

Alexandre devait se ressaisir rapidement tout en omettant de lui faire savoir qu'il pouvait l'entendre penser. Cela était hors de question de lui avouer un tel don ! N'arrivant pas à conserver le contrôle de son esprit qui était foudroyé par les pensées multiples de Polina, Alexandre laissa échapper un long soupir en essayant de se concentrer sur leur échange parlé. Mais le résultat était catastrophique ! Polina avait indéniablement décidé d'avoir avec lui plus qu'une simple relation amicale. Trop gêné par tout ce qu'il entendait, il décida d'abréger leur rencontre en lui promettant de la revoir plus tard. De toute façon, il y avait toujours cette invitation que lui avait faite madame Leonidov pour participer à un gala de charité pour lequel Polina et également sa sœur seraient normalement présentes.

En se séparant sur le trottoir, Polina ne put se retenir de déposer un baiser sur les lèvres d'Alexandre.

Elle trouva qu'il avait les lèvres chaudes et douces et ce contact lui fut fort plaisant. En se détachant de lui, elle ne put s'empêcher de lui demander :

— Embrassez-moi, Alexandre. Pas parce que je vous le demande, mais parce que vous en avez envie…

Alexandre s'approcha d'elle, le regard empli de contrition. Il ressentait sa détresse et entendait ses pensées qui n'étaient pas celles qu'un homme peut espérer avec une telle demande. Il percevait toujours en elle la présence de Vadim…

— Vous êtes une femme remarquablement belle, Polina. Et… je suis fort flatté par cette attention. Mais nous savons tous les deux que ce n'est pas là, l'issue à votre…

Il ne préféra pas prononcer le mot *désespoir*. Il s'approcha près d'elle, assez pour déposer avec affection un baiser sur sa joue tout en lui étreignant sa main de la sienne qu'il recouvrait totalement.

— Vous êtes une personne que j'apprécie énormément, mais je ne peux être celui qui nourrit votre cœur, murmura-t-il en ne la quittant pas du regard. Cependant, je serai toujours là si vous voulez de moi comme ami, ajouta-t-il en portant sa main à ses lèvres.

Il y déposa un tendre baiser avant de laisser redescendre entre eux leurs mains. Polina laissa alors de côté toute la bienséance qui la caractérisait. Elle se jeta dans ses bras et se laissa étreindre amicalement. C'était bon de se sentir dans ses bras puissants et si protecteurs. Soudain, elle se rendait compte qu'Alexandre avait raison. Elle ne pourrait jamais aimer un autre homme que Vadim. Et malheureusement pour elle, il lui fallait accepter ce terrible fait et continuer à vivre ainsi, sans aucun regret…

Chapitre 11

Mercredi 8 juin 2016

Comme convenu avec Sofiya, Alexandre se rendit chez les Leonidov afin de faire la réception des travaux de la dépendance pour Masha. D'ailleurs, il s'attendait enfin à rencontrer la jeune sœur de Polina. Mais Masha n'était pas chez elle depuis plusieurs jours. Celle-ci se trouvait toujours à Cannes avec Bénédicte. Mais même si elle n'était pas présente, Alexandre fut à nouveau reçu avec bienveillance par Sofiya qui l'attendait dans son petit salon.

— Je crois que cette fois, c'est notre dernier thé ensemble, annonça-t-il à la mère de Polina.

— Comment cela ? demanda-t-elle surprise. Vous n'avez pas l'intention de revenir à Belle-Maison !

— Oh, je viendrais toujours vous voir avec grand plaisir, Madame Leonidov, mais mon travail ici est terminé.

— Eh bien, alors, vous devrez venir en tant qu'ami ! lâcha-t-elle avec un sourire affectueux.

Elle aimait tellement ce garçon ! Tout ! Vraiment, tout lui plaisait en lui ! Si l'une de ses filles pouvait tomber amoureuse d'un garçon tel qu'Alexandre, elle serait la mère la plus heureuse au monde. Encore faudrait-il que sa cadette le rencontrât pour qu'il puisse se passer quelque chose entre eux ! Cette idée germa si vite dans sa tête, qu'elle lui proposa de venir dîner chez eux le vendredi soir qui arrivait, sans bien entendu lui faire part de son stratège pour lui faire rencontrer Masha. Sofiya savait que Masha serait rentrée de son séjour de vacances qu'elle passait chez les parents de Bénédicte qui avaient soi-disant un pied-à-terre en Bretagne.

Bien entendu, Masha lui avait effrontément menti ! Celle-ci avait préféré taire totalement sa participation avec son amie à une certaine exposition de peintures qui se déroulait à l'opposé de ce lieu. Si elle en avait fait part à ses parents et qu'ils se fussent déplacés jusqu'à Cannes pour la voir exposer pour la première fois en apprenant, qui plus est, qu'elle était l'auteure de ces toiles, elle aurait tellement eu peur qu'ils n'apprécient pas son travail qu'elle avait jugé plus sage de ne rien leur révéler. Elle ne pourrait jamais supporter de lire de la déception dans leurs regards…

Alexandre avait été ravi de l'invitation de Sofiya qu'il avait aussitôt acceptée. Ensemble, ils étaient ensuite allés voir le maître d'ouvrage qui leur avait remis l'état des lieux de la dépendance. Tout paraissait en règle. De toute façon s'il y avait le moindre souci, Alexandre gèrerait cela comme il savait si bien le faire. Sofiya se trouvait maintenant impatiente que Masha rentre pour lui remettre les clés de son petit chez elle.

Ainsi elle aurait aussi l'opportunité de lui faire rencontrer Alexandre comme elle l'avait prévu.

Mais dès le jeudi soir, Sofiya dut appeler Alexandre pour lui annoncer qu'elle devait annuler leur dîner du lendemain. Masha prolongeait de quelques jours son séjour tandis que son mari et Polina avaient un dîner d'affaires prévu à l'extérieur ce soir-là avec les dirigeants de la société Weissmuller. Les Industries Leonidov étant en train de racheter cette société, il leur était donc impossible d'annuler cette rencontre. Sofiya ne replaça pas tout de suite son invitation, car prochainement aurait lieu la réception pour l'association qu'elle parrainait. Et comme ses deux filles l'accompagneraient, Masha pourra alors être enfin présentée à Alexandre puisqu'il était également convié à cette soirée.

Quelques jours plus tard, Masha était rentrée de son exposition, le cœur plein de joie. Elle avait pratiquement vendu toutes ses toiles. Il devait lui en rester deux ou trois dont une avait même été réservée par un client parisien. Bénédicte aussi avait fait une belle rentrée d'argent avec ses ventes. Elles avaient toutes deux largement amorti leurs dépenses de l'année. Et comme à leur habitude, elles se trouvaient déjà ensemble en train de peindre de nouvelles toiles dans la galerie de Bénédicte.

— J'espère que tu vas nous préparer une superbe fête pour pendre ta crémaillère maintenant que tu as ton chez-toi ! s'exclama Bénédicte depuis qu'elle savait que la dépendance était terminée et que Masha y demeurait depuis vingt-quatre heures.

— Tu es folle ! Tu veux que ma mère me tue !

— Veux-tu dire, par-là, que nous n'allons pas célébrer ton emménagement ?

— Si tu veux recevoir les foudres de mon père, viens, et attends-toi au pire…

— Oh, ton père n'est pas si horrible que tu veux bien le décrire. Il t'a tout de même fait construire un petit palais !

— Certes ! Mais ce n'est pas pour le transformer en une nouvelle boîte de nuit !

— Tu veux dire que nous ne fêterons jamais rien dedans ! s'étonna Bénédicte.

— Attends au moins que j'y dorme plus d'une semaine. Après, on verra comment je pourrais contourner *l'ennemi*…, lâcha-t-elle en pouffant de rire.

Son amie l'imita en reposant son regard sur sa toile. Une petite minute s'écoula avant que Bénédicte ne brise ce court silence.

— Au fait ! Tu voulais me dire quelque chose hier soir, mais avec le coup de fil de ma mère, j'ai oublié de te le rappeler.

— Heu… oui…, répondit Masha. Mais… ce n'était pas important.

— Pas important ? À voir ta tête, on dirait qu'il s'agit d'une chose plutôt *bien* importante, si tu vois ce que je veux dire…

Comme Masha ne poursuivait pas, Bénédicte la regarda avec un sourire mutin tout en relevant ses sourcils.

— Allez ! Déballe ou bien je te peinture de la tête

au pied ! s'écria-t-elle en joignant le geste à la parole.

Masha s'écria à son tour tout en retenant les mains de son amie.

— Okay ! Okay ! Je capitule !

Masha s'éclaircit la voix tandis que Bénédicte se rasseyait sur sa chaise.

— Eh bien, il se peut que durant l'exposition, dit-elle en faisant une petite grimace tout en retroussant son petit nez, j'aie fait une rencontre… Enfin, ce n'était pas vraiment une rencontre parce que je ne lui ai pas parlé, mais j'ai vu un homme qui m'a plutôt bien plu…

— Waouh, la vache ! C'est la première fois que tu me parles d'un homme ! Poursuis ! lui ordonna-t-elle amicalement avant que son ami revienne sur sa volonté de lui raconter la suite.

— Eh bien ! Mon cœur s'est emballé dès que mon regard s'est accroché au sien.

— Oh, ben mince, alors ! Tu as eu un coup de foudre et ce n'est que maintenant que tu m'en parles ?

Masha conserva un regard rêveur en acquiesçant à l'interrogation de son amie, comme si elle avait au-devant d'elle cet homme.

— Il émanait de lui quelque chose de… magique !

— Magique ?

— Oui, c'était magique !

— Oh ! Toi, tu as les yeux de l'amour ! Et je suppose que pour ne rien gâcher au charme, il était beau, élégant et avait l'air gentil !

— Oui, tu as tout juste !

— Et alors, qu'as-tu fait ?

— Rien.

— Comment ça ? Tu n'as rien fait !

— Si ! Enfin, non ! Je n'ai fait que croiser son regard. Mais il était si beau et si troublant ! lâcha-t-elle songeuse, en levant les yeux vers le ciel tant elle se sentait à nouveau tout émoustillée par ce souvenir d'images.

Bénédicte explosa de rire.

— Quoi ? Pourquoi ris-tu comme une dinde ?

— Un jour, tu me diras peut-être où tu as déjà entendu une dinde rire, ma chère ! s'exclama Bénédicte tout en continuant de glousser. Alors, tu veux dire que tu as vu un homme pour lequel tu as eu « LE » coup de foudre et que tu n'as pas bougé ! Rien ! Pas même le petit doigt ?

— Non ! Rien ! rétorqua Masha avec une grimace. Et merci de me rappeler mon cuisant échec ! ajouta-t-elle d'un ton vif en pinçant sa bouche.

Puis, après quelques longues secondes durant lesquelles Bénédicte se calma de son fou rire, Masha ajouta :

— Tu as raison ! Je suis nulle !

— Ne dis pas n'importe quoi !

— Non, tu as raison ! J'ai raté le coche !

— Tiens ! Essaye ceci si tu veux abréger tes souffrances, rétorqua Bénédicte en faisant semblant de lui présenter son couteau à peinture. Mais ne te rate pas, sinon il va falloir que je t'achève...

Masha fit une grimace en tirant la langue avant de rire avec son amie.

— Allez ! Un de perdu, dix de retrouvés ! s'exclama Bénédicte avec un large sourire sur son visage parsemé de taches de rousseur.

Elles reprirent leur peinture et durant presque cinq minutes, aucune d'elles ne parla. Masha troubla ce paisible silence, bien que son esprit fût toujours ébranlé en se rappelant qu'elle ne reverrait sans doute jamais ce bel inconnu qui lui avait tant marqué le cœur.

— Vas-tu revoir le beau brun avec lequel tu as passé la soirée ? demanda-t-elle à Bénédicte d'un air malicieux.

— Absolument pas ! s'exclama son amie en trempant son pinceau dans une nouvelle couleur. Et je te rappelle qu'il ne m'a invitée à dîner que pour parler peinture !

— Mais bien sûr ! Et la marmotte, elle met le chocolat dans le papier ! s'esclaffa Masha en faisant un grand mouvement dans l'air avec son pinceau et sa palette — qu'elle tenait avec son pouce — comme si elle jouait du violon.

— Que tu es bête ! Il n'y a rien eu avec ce grand dadais ! Il est beau, certes ! Mais totalement ennuyeux à mourir, à ne parler que de ses centres d'intérêt !

— Je croyais que vous aviez parlé peinture ! rétorqua Masha en pouffant de rire.

— Eh bien, je le croyais moi aussi ! répliqua Bénédicte en riant à pleine gorge.

Soudain, la clochette de la porte d'entrée tinta en s'ouvrant. C'était Evän, un ami très proche des deux jeunes femmes qui exerçait le métier de photographe.

— Hello, mes Girlys préférées ! J'ai une bonne nouvelle et une bonne nouvelle à vous annoncer ! s'esclaffa-t-il de sa propre plaisanterie tout en se dirigeant d'un pas alerte vers les interpellées.

Il embrassa les deux jeunes femmes sur les joues, avec une affection débordante. Ce garçon était toujours de bonne humeur et il était fort rare de s'accrocher ou de se fâcher avec lui. Qui plus est, il adorait Masha et aimait en secret Bénédicte. Mais cette obtuse de rousse ne l'avait jamais vu autrement que comme un excellent ami. Et comme elle ne lui avait jamais démontré le moindre signe d'intérêt, il avait laissé tomber sa cour…

— Allez, raconte-nous ! s'esclaffa à son tour Masha en le voyant exécuter une petite danse de la joie.

— Eh bien, vous avez devant vous le nouveau photographe attitré d'Amanda Seyfried !

— Tu veux dire l'actrice ! L'égérie de tous les temps ! Celle que tout le monde s'arrache sur les podiums ! s'exclama Masha en se relevant totalement.

— Eh oui, ma belle ! Je vais la suivre durant les quinze jours où elle sera à Paris pour les fêtes de fin d'année ! s'exclama-t-il en lui attrapant les mains afin de lui faire faire quelques pas de danse.

Bénédicte s'était aussi relevée et tapotait dans ses mains tant elle était joyeuse pour son ami. Evän relâcha les mains de Masha et se dirigea toujours l'air joyeux vers Bénédicte. Dans son enthousiasme, il en oubliait presque qu'il ne la prenait jamais dans ses bras, tant il était difficile pour lui de se retenir de l'embrasser. Ils tournoyèrent ensemble quelques secondes, pendant que

Masha allait installer son iPhone sur la grande enceinte afin de mettre de la musique. Bénédicte, totalement euphorique, se serra plus près du corps d'Evän avant d'enrouler ses bras autour de son cou. Puis tout alla très vite. Tout à coup, elle rapprocha ses lèvres des siennes et déposa brièvement sur sa bouche un baiser. Evän, interloqué, s'arrêta brusquement de tourner. Il la fixa du regard en la voyant rougir violemment.

— Pourquoi as-tu fait cela ?

— Heu…, je n'en sais rien, répondit-elle avec autant d'embarras que son ami tout en se délassant de lui.

Puis une musique entrainante s'éleva dans les airs de la galerie. Evän essaya de se ressaisir en essayant de ne rien montrer à Masha, mais concernant Bénédicte, son état était bien différent. Elle était rouge comme une pivoine. Fortement mal à l'aise, elle se détourna d'Evän et attrapa avec une soudaineté sans pareille sa veste accrochée à un magnifique portemanteau — qui ressemblait plus à une œuvre d'art.

— Excusez-moi, les amis, mais j'ai complètement oublié un rendez-vous ! lâcha-t-elle en s'éloignant à grands pas. Tu fermeras la boutique, Masha ! ajouta-t-elle en sortant et en se sauvant précipitamment de sa galerie

— Heu…, ai-je manqué quelque chose ? demanda Masha qui revenait vers eux.

— Laisse tomber, ma belle ! rétorqua Evän le cœur battant.

Comme Masha ne bougeait pas, attendant

certainement qu'il l'éclaire quelque peu, Evän, toujours le cœur trépidant ajouta :

— Viens, je t'emmène déjeuner, et tant pis pour cette sotte de rousse ! Je ne raconterai qu'à toi comment j'ai convaincu l'agent d'Amanda de me choisir...

Ils quittèrent tous deux les lieux et allèrent fêter dignement ensemble l'excellente nouvelle de la journée. Même si pour Evän, il y en avait en fait, bien deux !

Chapitre 12

Jeudi 16 juin 2016

Dans moins d'une heure, le salon des miroirs à Paris recevrait un peu plus de trois cents personnes pour la réception caritative organisée par l'association « Jamais sans mon frère ou ma sœur ». Sofiya qui était l'une des plus importantes bienfaitrices avait convié plusieurs de ses amies aisées afin que leur mari mette la main au portefeuille en assistant en couple à cette soirée. D'autant que tous les dons reçus ce soir-là iraient directement dans les caisses de l'association afin d'en faire bénéficier les établissements qui abritaient des fratries de petits orphelins. La finalité de cette association était de faire en sorte que des sœurs et des frères se retrouvant orphelins ne soient jamais séparés en cas d'adoption. Évidemment, avec une telle cause, Alexandre devenu depuis quelques années orphelin avec Cécilia y avait aussitôt adhéré. L'invitation faite par Sofiya était également faite pour Cécilia, bien entendu. Mais la petite sœur d'Alexandre avait nettement préféré passer son samedi soir chez son amie Rachel avec la possibilité de *chatter* toute la nuit avec son nouveau petit ami. C'est pourquoi Alexandre s'y rendit seul. Et n'étant jamais en retard, il se trouvait déjà garé dans l'un des parkings souterrains situés aux alentours du salon aux miroirs. Afin de patienter durant la demi-heure qu'il lui restait à attendre, il flâna dans les rues parisiennes admirant au passage quelques vieilles architectures.

Du côté des Leonidov, il est certain que leur venue allait être grandement retardée. Piotr s'impatientait dans le petit salon tandis que Sofiya, déçue, finissait une discussion qu'elle avait avec Masha. Toutes deux s'étaient un tantinet brouillées, car Sofiya avait prévu, de longue date, d'assister avec ses deux filles à cette réception. Mais Masha en avait décidé autrement. Celle-ci, sans en informer sa mère, avait prévu autre chose pour sa soirée. C'était les trente ans d'Evän et Bénédicte avait insisté auprès de son amie pour qu'elle soit présente à cette fête. Masha avait tout de suite fait son choix. D'autant que, d'une part, elle estimait que sa présence à cette réception caritative était inutile et que d'autre part, il n'était pas question pour elle de rater un quelconque rapprochement entre Bénédicte et Evän depuis que son amie lui avait avoué deux jours plus tôt qu'elle nourrissait en fait de forts sentiments pour lui.

— Maman ! De toute façon, ma présence est inutile puisque ce n'est pas moi qui vais signer le remarquable chèque que papa va rédiger…

— Ta réflexion est ridicule ! Tu sais que cette soirée compte énormément pour moi !

— Polina sera présente !

— Et alors ?

— Cela ne te suffit donc pas ?
— Non !
— Moya lyubov'[5] ! Laisse Masha aller à sa soirée ! s'exclama Piotr en les rejoignant. Nous devons y aller maintenant ! ajouta-t-il en regardant le cadran de sa montre pour la énième fois durant ces vingt dernières minutes.

Sofiya dut donc se résigner et partir uniquement accompagnée de son époux. Heureusement que Polina ne s'était pas décommandée. Sofiya savait qu'elle pouvait toujours compter sur elle. Ce que, en revanche, elle ne savait pas tout comme Polina d'ailleurs, c'est que Vadim et son épouse avaient également été conviés à cette soirée…

Vingt minutes plus tard, Polina retrouva les siens à l'entrée des lieux de la réception. Lorsqu'elle et ses parents pénétrèrent enfin dans le salon aux miroirs, la plupart des attendus se trouvaient déjà installés aux tables rondes. Mais les Volochenko n'étaient pas encore arrivés, ce qui fit que Polina conserva son magnifique sourire accroché à ses lèvres. Alexandre eut un réel plaisir de retrouver les parents de Polina, mais également la jeune femme. Elle était superbe et ce soir elle semblait réellement sereine. Sofiya insista pour qu'Alexandre s'installe à leur table. Ce qu'il accepta aussitôt. Mais lorsqu'il se souvînt qu'il entendait toujours les pensées de Polina, il regretta presque de se

---

[5] En russe dans le texte : *Mon amour !*

trouver si proche d'elle. D'autant qu'il avait par moment du mal à se rendre compte si elle ne faisait que penser ou bien si elle vocalisait ce qui lui traversait l'esprit.

Un membre de l'association intervint dans un long et pompeux discours remerciant au passage avec grande sollicitude les donateurs de ce soir, fort généreux et bien entendu, sans oublier l'organisatrice de ce rassemblement, Sofiya Leonidov ! Bien que tous les invités aient applaudi chaque intervenant, tout le monde se releva de son assise pour acclamer Sofiya. Celle-ci se mit à rougir légèrement de tant d'attention et encore plus lorsque son époux la fixa d'un regard amoureux.

Le calme revint légèrement au sein de la salle. Sans un mot, Polina fixa Alexandre de son beau regard vert-émeraude. Puis elle accompagna d'un sourire sa main droite qu'elle déposa amicalement sur celle d'Alexandre. C'est alors que celui-ci entendit une pensée de Polina qui effaça le petit désagrément de se retrouver si proche d'elle.

— *Je suis si heureuse de vous connaître...*

Alexandre la regarda avec un magnifique sourire tout en lui étreignant la main qu'elle avait délaissée sur la sienne. Même si Polina ne ressentait plus vraiment pour lui des sentiments amoureux, elle se sentit émoustillée par ce geste. Alexandre restait un homme fort attirant. D'autant qu'elle n'avait plus été touchée par un homme depuis plusieurs mois. Qui plus est, Polina trouvait qu'il était très attirant dans ce costume noir qui lui allait comme un gant. D'ailleurs, elle s'était rendu compte depuis un moment que plusieurs femmes lui jetaient sans cesse des œillades de convoitises. Aussi, de voir Alexandre rougir ainsi lui plut, plus que de raison. Elle se sentit également flattée qu'il plongeât son regard uniquement dans le sien. De les voir ainsi tous les deux si complices donna quelques idées à Sofiya. Avec une soudaineté sans pareille, celle-ci perdit quelque peu son sourire. Un couple venait de faire son entrée avec une heure de retard. Il est clair que lorsque l'on arrivait en retard, c'était soit pour se faire remarquer, soit parce que l'on était tout simplement en retard. Et c'est bien incontestablement le second fait dont il était question ici. Vadim avait dû aller prêter main-forte en urgence à un chirurgien qui avait essuyé quelques complications en salle d'opération. Heureusement pour ce dernier, Vadim avait pu intervenir et éviter ainsi le drame. Ce qui fait que Vadim n'avait pas pu se tenir prêt pour se rendre à l'heure à cette réception. En pénétrant plus en avant, Vadim reconnut au loin les traits de Sofiya. Il n'échangea avec elle qu'un léger signe de tête, toutefois, fort courtois. Il aurait aimé aller la saluer en personne, car il l'estimait énormément, mais Vadim avait également aperçu Piotr Leonidov installé au côté de Sofiya. Il ne se sentait pas le courage d'affronter le regard de cet homme qui avait changé le cours de sa vie. Par chance, celui-ci n'avait pas remarqué son arrivée. Quant à Polina et Alexandre, tel qu'ils étaient placés, Vadim ne pourrait les voir seulement une fois qu'il se serait installé sur sa chaise. D'autant que tous deux étaient bien trop occupés à discuter pour s'apercevoir de la venue des époux Volochenko.

Moïsha qui était arrivée avant son époux avait dû attendre devant l'entrée pendant presque une heure l'arrivée de celui-ci, car c'était lui qui avait conservé dans son véhicule les invitations nominatives à cette soirée. Moïsha se trouvait donc toujours en colère d'avoir dû patienter sans pouvoir entrer. Mais elle se mit à sourire aussitôt qu'elle s'installa avec son époux autour de la table qui leur était destinée. Elle venait de retrouver l'un de ses amis chirurgiens qui travaillaient avec elle. Dommage que celui-ci soit arrivé avant elle. Elle aurait pu patienter à ses côtés, même si sa femme n'était pas assise bien loin non plus. Ce qui aurait pu atténuer un peu sa contrariété, car malgré tout, elle était encore assez énervée après son mari. D'autres invités, qui se trouvaient déjà assis et qui discutaient entre eux, s'arrêtèrent de parler afin de les saluer avant d'engager la conversation avec eux deux.

Un groupe de musiciens entama soudain une musique de fond très calme qui annonça que le dîner allait être servi. Un ballet de serviteurs entra en scène et le service débuta. Seul le bruit des couverts se fit entendre durant de longues minutes. Puis, le premier plat suivit de près le consommé d'asperges qui était en train d'être desservi. Quelques invités s'étaient relevés de leur assise pour se rendre sur la piste de danse. Piotr était l'un d'eux. Il avait invité son épouse à danser et Alexandre finit par en faire de même avec Polina.

— Vous n'avez donc pas peur que je marche sur vos chaussures si brillantes, lâcha Polina en acceptant avec un large sourire, la main que lui tendait Alexandre.

— Je pense que mes chaussures survivront à cette soirée. Quant à moi, cela est moins sûr…

Ils tournoyèrent dans un tempo très calme, ce qui leur permit de parler en chuchotant. Bien qu'Alexandre ait assuré à Polina qu'il ne serait qu'un ami pour elle, sentir son corps si voluptueux contre le sien était quelque peu troublant. Après tout, il n'était pas un homme d'Église… Ils étaient parfaitement assortis et leur couple laissait entrevoir beaucoup d'attirance. Polina se sentait bien dans les bras d'Alexandre. Non pas qu'il lui faisait tourner le cœur, mais sa timidité qu'il ne lui cachait plus le rendait très séduisant et fort attirant. Et de savoir qu'il acceptait de lui prêter son épaule pour qu'elle se remette doucement de ses peines la ravissait totalement.

Non loin d'eux, à quelques mètres de là, Vadim sentait son cœur battre si fort qu'il lui faisait affreusement mal. Cela faisait déjà un long moment qu'il avait aperçu Polina. C'était la seconde fois qu'il la revoyait depuis son retour en France, et l'amour qu'il lui portait depuis le premier jour n'avait pas pris une ride. Il l'aimait inconditionnellement. Bien que Moïsha ait suivi la direction de son regard en le voyant ainsi rougir, elle n'entrevit ni Polina ni Alexandre au vu du nombre de danseurs qu'il y avait sur la piste. Elle se mit alors à toussoter pour lui rappeler sa présence bien qu'elle soit déjà occupée à échanger avec son ami chirurgien. Mais Moïsha avait toujours eu besoin d'être exclusive — ce trait de caractère faisait partie de sa personnalité. Dépité par la situation, Vadim soupira en baissant le regard tout en se saisissant de son verre de vin. Il le porta à ses lèvres et hésita à en boire une gorgée. Il y trempa néanmoins les lèvres et reposa son verre la main tremblante. Sans le vouloir, le pied de son verre tinta fortement sur le haut de son autre verre réservé à l'eau avant de se briser dans un petit bruit de cristal. Moïsha qui ne l'avait pas quitté du regard releva avec étonnement ses sourcils. Une serveuse arriva aussitôt pour retirer le verre brisé avant de redonner à Vadim un nouveau verre à vin, ce qui ne permit pas à son épouse de lui faire une quelconque remarque.

La musique changea d'air et Alexandre et Polina retournèrent à leur place, imités par les parents de celle-ci. Un nouveau plat fut servi, ce qui laissa supposer que ce repas serait loin d'être frugal. Polina n'avait déjà plus vraiment faim, mais elle picora tout de même quelques aliments de son assiette en voyant les gros yeux que lui faisait sa mère. Vadim continuait de la fixer avec ardeur et soudain, Polina sentit son regard peser sur elle, ce qui lui fit détourner son visage de son assiette. Puis, leurs regards s'accrochèrent... Elle écarquilla ses grands yeux clairs avant de se demander ce qu'elle devait faire. Son esprit lui fit tergiverser cent pensées à la seconde. Alexandre comprit aussitôt par ces réflexions silencieuses ce qui lui arrivait. Il posa sa main calmement sur la sienne afin de la rassurer. Mais Polina était en plein désarroi et incapable de rester dans la même pièce que Vadim. Elle se releva de sa chaise et s'excusa auprès d'Alexandre et de ses parents avant de se rendre aux commodités. Alexandre se demanda s'il devait ou non la suivre. Il décida de lui laisser un peu d'air et d'attendre qu'elle revienne vers lui. De toute façon, il ne comptait pas l'abandonner dans l'état où elle se trouvait.

Vadim l'avait également vue s'absenter. Il s'excusa auprès de son épouse ainsi qu'auprès des autres invités, et se dirigea lui aussi vers les commodités. Polina se trouvait seule dans les toilettes, la tête légèrement inclinée vers l'avant au-devant d'un lavabo reluisant. Elle avait ses deux mains appuyées de part et d'autre de celui-ci et elle avait fermé les yeux tant son cœur lui faisait mal. Ses pensées se bousculaient dans son esprit et elle ne savait plus ce qu'elle devait faire. Il lui était insupportable de revoir Vadim au côté de son épouse et encore plus de passer toute une soirée non loin d'eux. C'était trop difficile pour elle.

Lorsqu'elle entendit la porte grincer légèrement, elle releva la tête. C'est à ce moment-là que le reflet de Vadim lui sauta aux yeux dans le miroir qui lui faisait front. On aurait dit un fantôme du passé. Sans un mot, Vadim s'approcha d'elle et se plaça juste au derrière d'elle sans la toucher. Polina ne bougea pas tant elle se sentait transie d'émotions. Elle aurait dû lui demander de partir, mais elle en était incapable. Un infime espoir était resté tapi dans l'ombre de son cœur durant toutes ces années où il l'avait fuie et celui-ci était toujours là, vivant, prêt à s'allumer au moindre signe…

— Tania…, souffla Vadim dans ses cheveux.

De se faire nommer ainsi, par le petit nom que seul Vadim lui donnait jadis, la troubla profondément. Il posa son front sur l'arrière de sa tête et Polina se laissa faire tant ce geste intime lui avait horriblement manqué. C'était ainsi qu'il la tenait contre lui après lui avoir fait l'amour. Seules leurs respirations haletantes s'élevaient dans la pièce. Avec profondeur, Vadim huma son cou comme s'il respirait l'essence d'une rose qui le faisait soudain renaître à la vie.

Elle portait toujours le même parfum… *Yvresse*.

D'ardents frissons l'envahirent totalement tandis que son cœur avait des battements aussi forts que les pulsations qui attisaient l'envie qu'il avait d'elle. Il savait que s'il voulait l'embrasser, elle ne saurait pas lui résister. Dans un soupir profond, Vadim se retint de la faire sienne, sentant que c'était ce qu'elle désirait également. Leur amour avait toujours été autant physique que mental. Il posa délicatement ses mains sur ses épaules et les laissa glisser le long de ses bras avec fébrilité. Lorsqu'il trouva ses mains, leurs doigts s'enlacèrent aussitôt, comme s'ils étaient des êtres à part, doués de raison. Leurs respirations devinrent plus haletantes tandis que leurs doigts continuaient de se nouer et de se dénouer, retrouvant ainsi des gestes naturels du passé. Le dos de leurs mains se frôlait l'un à l'autre tandis que leurs corps consumés par l'envie s'échauffaient plus encore malgré la légèreté des frôlements. Leurs doigts continuaient de trembler dans leurs caresses. Cependant, Polina ne put s'empêcher de sentir entre ses doigts fébriles, l'alliance de Vadim. Celui-ci referma fortement les yeux en se rappelant lui aussi ce *détail*. Lorsqu'il les rouvrit, Polina s'était écartée d'un pas afin de lui faire front. Sans un mot échangé entre eux, elle bascula légèrement vers lui. Vadim vacilla également vers elle. Leurs fronts s'accolèrent aussitôt. Leurs lèvres se rapprochèrent dangereusement tandis que leurs souffles se mélangeaient déjà. Leurs bouches n'étaient plus qu'à quelques millimètres l'une de l'autre. Pourtant, Vadim se résigna à donner un baiser à Polina même si c'était ce que tous deux désiraient le plus au monde. Mais Moïsha se trouvait à quelques mètres d'eux et c'était elle sa femme… Il n'avait pas le droit de la tromper. Elle n'avait rien fait de mal pour qu'il agisse ainsi.

— Excuse-moi pour tout le mal que je t'ai fait, ma Tania.

Puis, il déposa un simple baiser sur sa joue avant de se retirer des lieux en secouant la tête, déçu par sa propre conduite. Il s'en voulait d'agir ainsi. Ce n'était pas dans ses habitudes d'avoir une telle attitude. Il n'aimait pas faire de mal aux gens et avait plutôt choisi comme vocation de faire le bien dans sa vie. Mais en ayant un tel comportement, il allait faire souffrir à nouveau Polina. En retournant à sa place, il songea que Moïsha ne méritait pas d'avoir le cœur en peine à cause de lui. Il lui avait fait le serment de l'aimer en l'épousant. Il se devait de lui épargner un quelconque affront. Heureusement qu'il s'était ressaisi à temps.

Polina était restée pétrifiée, accolée au lavabo tout en posant le dos de sa main, là où Vadim avait abandonné un baiser. Elle aurait tout donné pour qu'il enroule ses bras autour de son corps et qu'il l'embrasse.

Avec un sourire léger, elle se retourna et ouvrit le robinet songeant à se passer les mains sous le jet d'eau froide. Cette façon de faire avait toujours eu pour effet de la calmer. Pourtant, elle se résigna à mettre les mains sous l'eau froide et préféra les porter à son visage. L'odeur de Vadim s'était imprégnée sur sa peau et elle ne comptait pas la faire disparaître pour l'instant...

Lorsqu'elle retourna quelques minutes plus tard auprès d'Alexandre, ses parents étaient retournés danser sur la piste. Bien entendu, lorsque Polina — vêtue de sa robe fourreau noire et ses talons aiguilles façonnés dans un cuir verni assortis à sa tenue — avait retraversé la salle, personne n'aurait pu éviter de la remarquer tant elle respirait la grâce dans son allure à couper le souffle. Moïsha qui l'avait aussitôt reconnue sentit un pic de jalousie la transpercer en voyant que tous les regards étaient rivés sur elle. Tandis que Polina se rasseyait sur sa chaise, Moïsha songea qu'il fallait qu'elle fasse quelque chose, tant son époux ne quittait pas du regard cette rivale. Et comme elle avait remarqué que celle-ci était accompagnée par le beau jeune homme de la dernière fois, elle se dit qu'en allant les revoir, Vadim comprendrait enfin qu'il n'avait aucune chance face à celui-ci.

— Vadim, n'est-ce pas là, ton amie d'enfance ? demanda-t-elle, d'un air légèrement sournois afin de voir la réaction de son époux.

Vadim acquiesça du chef sans prendre la peine de lui répondre de vive voix.

— Elle se trouve avec ce superbe homme, n'hésitat-elle pas à dire afin d'influencer les idées de son époux pour qu'il se rende compte de la présence de celui-ci et qu'il arrête ainsi de dévorer du regard Polina. Allons donc les saluer ! Allez, viens ! insista-t-elle en se relevant sans l'attendre.

Vadim dut prendre quelques longues secondes avant de s'exécuter. Certes, il y avait Alexandre, mais celui qui l'impressionnait le plus ce soir, c'était Piotr Leonidov… Il n'avait jamais pu l'affronter et bien que Vadim ait pris de l'âge, il se sentait à nouveau tel ce jeune homme qui avait été éconduit par le père de son aimée. Il avala le verre de vin que la serveuse lui avait servi et accepta de suivre sa femme en voyant que le père de Polina n'était pas encore retourné s'asseoir, car il dansait toujours avec Sofiya.

Durant ce temps, Alexandre n'en revenait toujours pas des pensées qui fusaient dans la tête de Polina. De fait, il était déjà au courant de ce qu'il y avait eu quelques minutes plus tôt entre elle et Vadim.

— Tout va bien, Polina ?

— Oui, Alexandre. Oui, tout va bien, répondit-elle d'un ton léger en lui souriant.

En fin de compte, même si Vadim ne l'avait pas embrassée, elle avait adoré le contact de leurs mains et celui de leurs corps. Elle préférait ne pas trop penser à ce qui se passerait demain. Seul cet instant magique la nourrissait. Mais elle changea totalement d'avis dès lors qu'elle vit arriver droit vers leur table, Moïsha puis Vadim qui se trouvait caché par celle-ci à quelques pas derrière.

— Mademoiselle Leonidov ! Je suis ravie de vous revoir ! lâcha perfidement Moïsha. Je ne savais pas que vous étiez l'héritière des industries Leonidov.

Polina ne répondit pas, mais serra la main qu'elle lui tendit. Alexandre s'était relevé courtoisement et salua à son tour Moïsha puis Vadim.

— Nous sommes ravies également de vous revoir, rétorqua poliment Alexandre en voyant que Polina ne prenait pas la peine de répondre à Moïsha.

— Moi aussi ! lâcha l'épouse de Vadim avec un large sourire.

Le temps de traverser la salle pour les rejoindre, Moïsha avait fait le rapprochement sur Polina et les Industries Leonidov, ce qui ne lui avait pas sauté aux yeux avant cet instant. Ce qui faisait de Polina une femme riche. Et Moïsha aimait toujours s'entourer de gens aisés au cas où elle aurait besoin d'argent pour une quelconque raison, même si cette fois-ci, elle n'appréciait absolument pas la personne de Polina.

— C'est surprenant de se revoir ici, n'est-ce pas Polina ? demanda Alexandre qui ne savait vraiment que dire du fait que personne ne parlait.

— Oui, en effet ! rétorqua promptement Polina en ressortant de sa léthargie. C'est surprenant !

Elle ne put s'empêcher de regarder fixement Vadim en disant cette phrase. Mais son regard n'était pas marqué d'un quelconque sentiment désagréable. Bien au contraire… Alexandre qui l'entendait penser se racla la gorge tandis que Moïsha semblait excitée comme une puce à l'idée de lui répondre.

— C'est clair ! C'est même incroyable, car nous n'avions pas vraiment prévu de venir. C'est l'un de mes collègues médecins qui m'a proposé de venir. Vous voyez le bel homme, là-bas, et bien c'est lui qui nous a invités, lâcha-t-elle avec un regard qui ressemblait plus à de la convoitise qu'à de l'admiration envers cet homme.

D'ailleurs, celui-ci n'avait d'yeux que pour Moïsha. Ce qui surprit Alexandre qui semblait être le seul à s'en rendre compte. Mais Moïsha retourna sa tête vers Polina qui fixait toujours Vadim. Elle décida alors de se serrer contre son mari afin de rappeler à sa rivale que celui-ci *lui appartenait*. Alexandre, en pleine incompréhension, la regardait faire. Moïsha s'accrochait au bras de son mari comme une moule à son rocher et pourtant elle n'arrêtait pas de lancer des regards à ce médecin qui la fixait au loin, avec gourmandise.

— Voulez-vous vous joindre à nous ? demanda Polina qui n'avait pas l'envie de voir Vadim s'éloigner d'elle.

— C'est très aimable à vous, mais, je suis désolé, nous allons devoir y aller, lâcha froidement Vadim en fixant Alexandre — la jalousie lui mordant le cœur à chaque seconde mourante.

Qui plus est, Vadim avait autant envie de s'asseoir au côté de Polina que de fuir Piotr qui venait de les remarquer au loin. D'autant que s'il se trouvait proche de Polina, personne ne pourrait plus ne pas se rendre compte à quel point il l'aimait.

— Oui, mon mari a raison ! Nous allons devoir vous laisser, car nous avons une grande nouvelle à fêter !

— Laquelle ? lâcha Polina indiscrète sans vraiment réfléchir à son impolitesse, tant elle ne voulait pas que Vadim s'en aille.

Moïsha fixa Polina d'un regard étonné, toute ravie d'être ainsi sollicitée. Et la seule chose, en ce moment, qui lui traversait la tête était de faire en sorte que cette femme comprenne que Vadim était à elle et à elle seule. C'est pourquoi elle s'empressa d'annoncer sa grossesse dont elle n'avait pas eu le temps de discuter avec Vadim à cause du retard de celui-ci.

Dans l'après-midi, elle avait vu le gynécologue qui la suivait depuis qu'ils avaient décidé d'avoir un enfant. Elle aurait préféré attendre ce soir d'être chez elle avec son mari pour lui annoncer en tête-à-tête sa grossesse, mais elle trouva que ce moment était parfaitement opportun pour remettre à sa place cette ancienne amie dont son mari n'avait pu jusqu'à cette surprenante annonce, s'empêcher de lui lancer des regards fort éloquents.

Bien entendu, cette nouvelle aurait dû emporter tout sur son passage et la joie aurait dû être la seule chose présente dans le cœur de ce couple. Pourtant, Vadim était loin d'être aussi heureux que sa femme l'espérait en apprenant ce bonheur prochain. Comment d'ailleurs aurait-il pu être heureux en sachant que ce futur bébé ne pouvait absolument pas être de lui ? Les pupilles de Vadim se dilatèrent quelque peu et il ressentit un léger étourdissement. Mais personne ne sembla s'en rendre compte. Personne, sauf peut-être

Polina qui l'interrogea presque du regard. Toutefois, Vadim se ressaisit sans prendre la peine de lui répondre d'une quelconque façon. Il se trouvait si mal qu'il mourrait d'envie de fuir tout le monde. Vadim en venait presque à regretter que Polina n'ait pas épousé monsieur Levkine. Ainsi, sur un pied d'égalité, leurs douleurs auraient été à peu près similaires et Polina aurait pu se consoler comme lui dans l'attente de la venue au monde d'un enfant. Pourtant, cette égalité était faussée d'avance. Vadim n'avait jamais aimé sa femme d'un amour passionnel et, qui plus est, cet enfant n'était même pas de lui ! La trahison de son épouse le déchirait confusément tandis que la peine l'envahissait totalement sans qu'il arrive vraiment à comprendre ce qu'il se passait. Quant à Polina, elle semblait se décomposer de l'intérieur. Son corps tout entier la faisait souffrir atrocement.

— *Vadim va avoir un enfant ! Non, c'est impossible, c'est un cauchemar... Pourquoi alors, a-t-il voulu m'embrasser ? Pourquoi !*

Alexandre ne savait que dire en entendant de telles pensées. Il étreignit la main de Polina avant de la serrer légèrement. Son regard se riva au sien. Alexandre était un gentleman, un homme d'honneur. Il lui fallait alors être le sauveur de cette femme.

— Oh, alors nous n'allons pas vous retenir plus longtemps, n'est-ce pas ma chérie ? demanda-t-il en fixant toujours Polina tout en l'embrassant sur le dessus de sa main.

Voyant que celle-ci ne réagissait pas vraiment à ce

qu'il essayait de faire, il se pencha et l'embrassa sur la joue avec légèreté. Polina comprit tout à coup ce qu'Alexandre essayait de faire. Il ne voulait surtout pas qu'elle perde la face devant cette femme et surtout pas devant Vadim après ce qu'il lui avait fait dans les toilettes.

— Oui, tu as raison, mon amour. Nous n'allons donc pas vous retenir. Ah, je vois que papa et maman reviennent par ici ! essaya-t-elle de dire d'une voix claire. Vadim, souhaites-tu les saluer avant de prendre congé ? réussit-elle à ajouter d'une voix chevrotante.

Vadim eut du mal à répondre à Polina. Il se trouvait toujours abasourdi par l'annonce de Moïsha et par l'intimité soudaine du couple qui leur faisait front. Sans prendre la peine d'attendre que les parents Leonidov arrivent, il salua brièvement Polina et Alexandre et quitta aussitôt les lieux. Il avait envie de vomir. Son cœur lui faisait atrocement mal. La volonté de mourir le tarauda... Seul sur le trottoir, il songea, un bref instant, à aller se jeter sous les roues d'une voiture. Après avoir fait deux pas vers la route, il s'arrêta subitement. Non, il savait trop les dégâts que pouvait causer ce genre de tentative, d'autant que s'il ne se ratait pas, son cœur continuerait indéniablement à le faire souffrir... Il recula et s'accola contre un mur en secouant la tête. Heureusement que ce passage à vide avait été le seul qu'il ait eu et que celui-ci n'avait pas duré assez longtemps pour qu'il s'exécute. Il poussa un long soupir en se demandant ce que son épouse faisait. Celle-ci avait voulu aller remercier son ami médecin qui les avait invités à cette soirée, et l'informer de leur départ quelque peu précipité. La façon dont elle embrassa sur la joue ce collègue surprit Alexandre, même s'il ne vit cette scène que de loin. Quelque chose le chiffonnait sans arriver à mettre le doigt dessus. Mais pour l'heure, il n'était pas question de s'émouvoir pour ce couple. C'était Polina qui avait grandement besoin de lui.

— Venez ! dit-il en la tirant par la main.

Il ne voulait pas qu'elle ait à raconter à ses parents ce qu'il venait de se passer. Ils croisèrent donc ces derniers qui revenaient s'asseoir après avoir été accaparés par quelques invités sur leur passage tandis qu'eux deux s'en allaient sur la piste de danse.

— Polina, il vous faut vous ressaisir, dit-il en la serrant contre lui.

Elle se laissa aller dans ses bras, bercée par les mouvements de son corps qui tournoyait doucement. Elle n'avait pas l'intention de pleurer. Non, pas maintenant. Peut-être plus tard, lorsqu'elle se retrouverait seule, toute seule dans ce gigantesque appartement où aucun cri d'enfant ne retentirait, car le seul père qu'elle avait toujours voulu pour sa progéniture, c'était Vadim…

Chapitre 13

Mardi 28 juin 2016

Sofiya se trouvait seule chez elle. Son amie Caroline venait de partir et comme la journée n'était qu'à moitié écoulée, Piotr, son mari, n'était pas près de rentrer de son travail. Ce qui lui laissait encore pas mal d'heures de libres pour se prêter à son passe-temps favori : l'écriture. Alors, comme elle le faisait pratiquement quotidiennement, elle se dirigea vers son refuge, une petite pièce qu'elle avait fait décorer tel un boudoir ancien. Elle y passait au moins une heure par jour pour poursuivre l'écriture de sa romance. Elle se sentait inspirée pour celle-ci et les évènements passés dans la vie de sa fille aînée étaient malheureusement fort abondants pour tout écrivain en herbe. C'est pourquoi son histoire avait des rebondissements proches de la réalité. Pourtant, Sofiya n'était pas au courant qu'un nouvel évènement allait alimenter son écriture…

Meredith frappa trois petits coups à sa porte, puis elle entra telle que la maîtresse des lieux venait de le lui signifier. La bonne lui annonça qu'elle avait un visiteur, un certain monsieur Volochenko. Sofiya la pria de le faire patienter dans le salon et de lui servir une collation en attendant qu'elle aille le rejoindre. Meredith quitta la pièce discrètement tandis que Sofiya terminait de surligner la ligne, qui lui donnait un peu de fil à retordre depuis quelques minutes, afin de la retrouver ultérieurement avec plus de facilité. Elle referma ensuite son ordinateur tout en ayant pris soin auparavant de sauvegarder son travail. Avant de sortir de son petit boudoir, elle s'admira dans le miroir ovale tout en arrangeant quelque peu sa coiffure. Il n'était pas question pour elle de faire mauvaise impression. C'est donc avec un sourire de convenance qu'elle alla retrouver le père de Vadim. Aussi, quelle surprise eut-elle en voyant qu'il ne s'agissait pas du père de Vadim, mais de Vadim lui-même.

— Vadim ? Mais quelle bonne surprise ! Je m'attendais à voir ton père. Depuis quand tu te fais annoncer ainsi dans cette maison ? l'interrogea-t-elle en s'approchant pour le saluer.

— Veuillez excuser mon impolitesse, Sofiya, répondit-il en se relevant du fauteuil sur lequel Meredith l'avait prié de patienter. Je viens ainsi à l'improviste, sans me faire annoncer correctement, mais je ne savais pas si votre époux serait dans les parages alors je n'ai pas osé… enfin… c'était bête et inutile, je sais.

Sofiya lui présenta un large sourire et le pria de s'installer à ses côtés sur le sofa.

— Il n'y a rien de stupide qui peut venir de toi, mon cher enfant ! Alors, que me vaut cette visite ?

De s'entendre appeler ainsi par une femme qu'il

estimait énormément réchauffa le cœur de Vadim. Quelques années plus tôt, même si elle n'avait rien pu faire pour qu'ils poursuivissent leur idylle, Sofiya s'était montrée affectueuse et chaleureuse à son égard dès lors que ce jeune homme lui avait été présenté par sa fille. Mais jamais, au grand jamais, Vadim ne lui en avait tenu rigueur, car il avait toujours su que Piotr Leonidov avait été le seul à s'opposer à leur relation. Mais il y avait si longtemps qu'il n'avait plus ressenti de telles sensations d'amitiés qu'il ne savait pas par où commencer. Il se demandait s'il devait lui dire qu'il se sentait trahi par sa femme ou bien qu'il aimait toujours et du plus profond de son cœur sa fille aînée. S'apercevant qu'il n'arrivait pas à se décider à lui répondre, Sofiya décida de poursuivre avec une autre question.

— J'ai appris que tu attendais un heureux évènement. Tu dois être fou de joie, n'est-ce pas ?

Voyant à nouveau qu'il ne répondait pas et qu'il avait soudain blêmi, Sofiya se trouva confuse.

— Vadim ? Que se passe-t-il, mon garçon ?

— Je sais qu'il y a des années que l'on ne sait vu, Sofiya. Je n'ai donné de nouvelles à personne et voilà que j'arrive chez vous comme si l'on s'était vu la veille. Mais je ne sais pas vers qui me tourner. J'ai si honte de moi…

— Allons, qu'y a-t-il, Vadim ? Tu sais très bien que tu peux tout me dire.

Vadim avait toujours trouvé en Sofiya une confidente. Même lorsqu'elle ne s'était pas totalement mise de son côté quand son mari avait exigé que Polina ne l'épouse pas. Avec tout ce qu'elle avait de bonté en elle, elle avait essayé à l'époque de lui faire comprendre pourquoi il ne pouvait pas se marier avec elle. Même si Vadim avait rompu tous les liens qu'ils avaient eus en quittant du jour au lendemain la France, il n'avait jamais pu en vouloir à Sofiya. De toute façon, c'était toujours Piotr Leonidov qui avait le dernier mot, tout comme son propre père l'avait avec sa mère…

Fébrilement, Vadim avait commencé à raconter les problèmes qu'ils avaient rencontrés, sa femme et lui, pour avoir un enfant. Puis, après quelques minutes, il s'était épanché sur sa stérilité. Il n'en avait pas fallu plus à Sofiya pour comprendre dans quel désarroi Vadim se trouvait.

— En as-tu parlé avec ton épouse ? demanda-t-elle en lui étreignant les mains des siennes.

— Non ! J'en suis incapable. Je ne sais pas ce que je dois faire. Je me suis marié avec elle parce qu'elle me l'a demandé après que je fus sorti avec elle. Je n'avais plus d'espoir d'aimer dans mon cœur, alors si une femme m'aimait, j'ai pensé que cela suffirait amplement pour nous deux. Mais je me suis totalement fourvoyé sur mon compte et surtout sur le sien.

— Es-tu certain de ton état à toi ? N'y aurait-il pas pu y avoir une erreur de résultats ?

— J'y ai pensé, Sofiya. Je suis retourné la semaine dernière faire des examens. Ils sont fort clairs. Cet enfant ne peut pas être de moi…, réussit-il à lui dire avant que sa voix ne se brise.

— Mon Dieu, Vadim ! s'exclama-t-elle en le

prenant au creux de ses bras.

— Je la croyais devenue fidèle ! Mes amis médecins m'avaient mis en garde contre elle. Elle avait fait tourner la tête de toute l'équipe des chirurgiens de mon étage et était sortie avec certains lorsque nous travaillions ensemble. Mais c'était avant *nous* !

Ils s'interrompirent un instant dans leur échange pendant que Meredith leur servait une collation. La bonne s'éclipsa à nouveau en refermant la porte sur ses pas.

— Qu'en ont pensé tes parents ?

— Ils ne le savent pas ! J'ai trop honte de mon état pour leur dire qu'ils n'auront jamais la joie d'avoir de descendance.

— Vadim ! Comment peux-tu songer un seul instant que tes parents t'en voudraient ?

— Je ne sais plus ce que je dois faire…

— Si tu veux mon avis, Vadim, je crois que tu devrais commencer par avoir une explication avec ton épouse, lui conseilla-t-elle sur un ton de désolation en lui tapotant l'une de ses mains qu'elle maintenait toujours dans les siennes.

— Il y a autre chose, Sofiya…

Un court silence s'installa entre eux.

— Je t'écoute, mon garçon, l'encouragea-t-elle puisqu'il ne se lançait pas.

Vadim se racla la gorge et lui annonça qu'il aimait toujours profondément Polina. Sofiya ne put s'empêcher de verser quelques larmes. Elle ressentait soudain tout ce gâchis qu'il y avait entre eux à cause d'elle et de son mari. Polina lui avait serré le cœur lorsqu'elle avait annoncé à ses parents le soir de la réception que Vadim attendait un enfant. Même si depuis le retour de Vadim, Polina n'avait jamais redit textuellement à sa mère qu'elle l'aimait encore, Sofiya n'avait pas eu besoin de l'entendre de sa bouche pour le savoir. Après tout, elle était sa mère pour deviner ces choses-là. Vadim avait insisté auprès d'elle pour qu'elle ne racontât rien de toute cette conversation à Polina. Il s'était déjà répété en boucle que comme il ne pourrait jamais avoir d'enfant, il ne devait surtout pas la priver d'un bonheur si elle avait une chance d'en avoir avec son ami actuel, le *tendre* Alexandre, se rappela-t-il avec un goût d'amertume dans la bouche…

Vadim était reparti une heure plus tard, un désarroi moins grand dans le ventre. Il avait décidé de suivre les conseils de Sofiya. C'est alors qu'il se rendit à la clinique où travaillait Moïsha. Il s'était dit que plus tôt il en discuterait avec son épouse, plus vite ils trouveraient une solution à leur situation. Vadim se trouvait à un bout du couloir lorsqu'il entrevit Moïsha au loin avec plusieurs personnes du corps médical. Il s'apprêtait à se diriger vers elle lorsqu'il la vit s'arrêter avec l'un des médecins. C'était l'homme qui leur avait offert de se rendre à la soirée caritative à ses côtés. Laissés en arrière du groupe, tous deux avaient soudain un comportement plutôt intime avec leurs mains et le regard de convoitise qu'ils s'échangeaient fut insupportable pour Vadim. En plein désappointement, il secoua la tête et ressortit de la clinique. Il se sentait dupé et trahi. Il rentra chez lui totalement abattu et tourna en rond dans chacune des pièces avant d'entendre Moïsha arriver. Leur explication fut brève. Vadim ne pouvait pas continuer ainsi. Il lui annonça qu'il allait demander le divorce et ferait tout pour qu'elle ne manquât de rien, à tout le moins, raisonnablement. Il était presque satisfait aujourd'hui d'avoir fait établir un contrat de mariage. L'un de ses amis médecins, qui l'avait mis en garde contre Moïsha lui avait assuré que si tout allait bien entre eux, ce contrat ne servirait à rien. Dans le cas contraire, cela éviterait à Vadim de se faire dépouiller de ses biens acquis sous de durs labeurs. Et malencontreusement, son ami avait vu juste… Moïsha demanda toutefois à Vadim ce qu'il en serait de l'enfant qu'elle portait en elle. Vadim lui certifia que dans tous les cas, il ne concèderait jamais de reconnaître cet enfant comme le sien. Moïsha devrait alors se débrouiller avec le père, si tant est que celui-ci soit bien ce dernier médecin avec lequel il l'avait vue flirter indécemment…

Chapitre 14

Lundi 11 juillet 2016

Moïsha vivait toujours sous le même toit que Vadim. Elle avait refusé toutes les propositions d'appartements que lui avait faites l'agence immobilière mandatée par Vadim pour qu'elle puisse s'installer correctement non loin de son lieu de travail. Évidemment, si Moïsha traînait à accepter de partir, c'est qu'elle n'avait pas vraiment l'intention de quitter le luxe dans lequel elle vivait depuis qu'elle avait emménagé la toute première fois avec Vadim. Elle s'essaya dans plusieurs contextes à renouer des liens avec son époux. Tant que le divorce n'était pas prononcé, elle y voyait là une chance de récupérer son mari. Ou bien à tout le moins, le compte bancaire de celui-ci ! À force de la voir se trémousser devant lui en petite tenue chaque fois qu'il rentrait de son travail, il avait passé un coup de téléphone à son avocat afin que celui-ci fasse tout ce qui était en son pouvoir pour accélérer la procédure de divorce. Mais les jours continuaient de s'écouler et Moïsha persistait dans sa façon d'agir avec lui. Si bien que Vadim décida de ne plus rentrer chez lui jusqu'à ce que Moïsha quitte les lieux. Seulement, voilà, dormir sur un lit d'hôpital n'avait pas la même saveur que son matelas Tempur qu'il affectionnait particulièrement, car c'était l'endroit et le moment de toute sa journée qu'il préférait le plus, lorsqu'il pouvait enfin se détendre…

Polina travaillait d'arrache-pied pour n'avoir plus à penser à Vadim. Ce qui en soi était un échec total. Vadim était là dans ses pensées, dans son cœur et dans son corps qui vibrait fréquemment au souvenir de leur dernière entrevue. Alexandre, qui la rejoignait maintenant presque tous les jours à l'heure du déjeuner, s'en rendait bien compte à chaque fois qu'ils avaient une conversation les ramenant à leur passé. Cependant, il était difficile de soulager les peines d'une femme si l'on se décidait uniquement à n'être qu'un bon ami. Même s'ils avaient échangé devant Vadim et son épouse des mots affectueux et une attitude très clairement intime, Alexandre avait toujours dans un petit recoin de sa tête, le souvenir d'une très jolie femme brune qui lui avait ravi le cœur sans le savoir.

Lors d'un énième déjeuner, Polina titilla Alexandre sur sa vie sexuelle. Elle avait besoin d'une conversation légère et bien qu'ils aient adopté depuis plusieurs jours le tutoiement, Alexandre avait le don de parler de choses avec des mots toujours très policés, ce qui rendait leurs conversations assez distrayantes.

— Allez, Alexandre ! Tu ne vas pas me dire que tu n'as pas de petits secrets croustillants ou bien surprenants à me souffler…

Alexandre se mit à nouveau à rougir, comme à chaque fois qu'elle le taquinait ainsi.

— Fort bien ! Si tu le prends ainsi ! s'esclaffa-t-il en lui souriant à pleines dents. Alors, je vais te narrer ma dernière relation. Elle s'appelait Ingritte…

— Ingritte ? répéta-t-elle avec une petite grimace avant de rire. Elle s'appelait réellement Ingritte ! Je ne te vois pas avec une femme se prénommant ainsi…

— Si tu commences à me couper dans mon élan, je ne te raconterais rien !

— Non ! Promis ! Je me tais ! rétorqua-t-elle en pensant que ce prénom lui faisait penser à un gigantesque homme avec des nattes blondes.

Alexandre ne put s'empêcher de retenir un rire en l'entendant ainsi penser.

— Puis-je continuer ?

Polina acquiesça du chef.

— Bien !

— Bien ! s'amusa-t-elle à répéter en portant à sa bouche son verre d'eau pétillante tout en le fixant d'un regard malicieux.

Et encore une fois, leur pause-déjeuner se transforma en une rencontre plaisante. Polina était retournée à son bureau avec le cœur joyeux. Alexandre l'avait tant fait rire en lui racontant comment sa petite sœur Cécilia avait tout mis en œuvre pour le faire rompre avec sa dernière conquête, la fameuse Ingritte ! Polina avait pensé à sa sœur Masha qui ne manquait pas non plus d'imagination bien qu'elle ne pensa pas qu'elle pouvait en avoir autant que Cécilia. La jeune fille avait usé d'un tour incroyable pour sa dernière prestation de petite peste. Elle avait subtilisé le portable d'Ingritte et avait enregistré son propre numéro de téléphone sous le nom d'un homme. Ainsi, lorsqu'elle s'était assuré que son frère et Ingritte étaient présents sous le même toit qu'elle, elle lui avait envoyé discrètement un texto à forte tendance sexuelle. Évidemment, tout avait été calculé à l'avance par cette petite chipie, car Ingritte se trouvait dans son bain à ce moment-là et n'avait pu ni voir ce message ni y répondre. Mais au bout de la cinquième petite alerte sonore annonçant un nouveau texto, Alexandre, qui se trouvait dans la suite parentale qu'il occupait avec Ingritte, s'était saisi du portable afin de voir qui pouvait lui envoyer autant de messages à cette heure du soir. En regardant l'écran verrouillé, Alexandre avait cru se liquéfier sur place tant les quelques lignes de messages qu'il lisait étaient très explicites. Et ceux-ci n'avaient pas arrêté d'abonder sur l'écran durant plusieurs longues secondes. Il faut dire que Cécilia avait, comme beaucoup de jeunes, une certaine dextérité quant à l'utilisation du clavier et une fantaisie fortement animée. À la lecture du dernier, Alexandre avait changé de couleur et son cœur avait raté un battement. Mais ce furent ses entrailles qui lui avaient fait le plus de mal. Il aurait dû être jaloux de ce qu'il venait de lire. Mais, au contraire, bien que blessé, ce fut son amour-propre qui en avait pris un coup. Ingritte avait tenté de s'expliquer, mais Alexandre n'avait rien voulu entendre. Certains mots sont parfois plus éloquents que n'importe quelle bonne explication… Ingritte avait quitté le soir même les lieux. Cécilia, heureuse de son forfait, avait sautillé de joie dans sa chambre avant de téléphoner à Rachel pour lui annoncer la bonne nouvelle. Depuis le temps où elle avait espéré ce résultat, elle avait eu de quoi fêter sa victoire. Une fois calmée, elle avait pris un visage de désolation et était allée consoler son frère en lui assurant qu'ils étaient bien mieux lotis en restant tous les deux, ensemble. Une semaine plus tard, Alexandre n'avait pas ressenti de manque envers Ingritte. Cependant, celle-ci avait fini par savoir que c'était Cécilia qui lui avait joué ce vilain tour. Alexandre aussi, d'ailleurs, l'avait su ! Mais même si en secret il n'en avait pas voulu à sa sœur, car il savait qu'elle ne l'avait fait que par la peur de le perdre, Cécilia avait toutefois été punie de son portable après vingt heures durant deux semaines. Quelques jours après cet évènement, Alexandre avait décidé de mettre sa vie sentimentale de côté en attendant que Cécilia soit en âge de voler de ses propres ailes. Polina l'avait trouvé fort indulgent et protecteur envers sa petite sœur avant de se rendre compte qu'elle en aurait fait tout autant avec Masha. Ce qui les amena à avoir ce point en commun.

De son côté, Vadim avait discuté avec ses parents sur les problèmes qu'il rencontrait actuellement dans sa vie. Sa mère avait été triste d'apprendre la tromperie de Moïsha, car elle s'était quelque peu attachée à celle-ci. Quant à son père, il n'avait pas eu de mots pour le consoler tant il était déçu de savoir que son unique fils ne lui donnerait jamais de petits-enfants. Fortement choquée par les propos de son mari, la mère de Vadim s'était offusquée sans vraiment pouvoir lui dire ce qu'elle pensait sur sa façon de faire. Mais elle avait essayé de rassurer son fils comme elle l'avait pu en lui assurant que peut-être ce devait se passer ainsi. *Le Seigneur lui réservait certainement autre chose dans la vie*, avait-elle fini par lui dire. Si tel était le désir d'une intervention divine de ne lui avoir pas permis d'épouser la femme qu'il aimait et encore moins de procréer, Vadim songea qu'il aurait mieux fait alors de se faire consacrer prêtre, curé ou bien n'importe quel autre homme, un tant soit peu éloigné des nœuds du mariage, plutôt qu'un brillant chirurgien dont personne ne guérirait jamais le cœur meurtri. Avec une colère sourde grondant au tréfonds de lui, Vadim se fit la réflexion silencieuse que si le Seigneur avait voulu lui octroyer un chemin différent, Il aurait pu le lui faire savoir plus tôt, avant de mettre sur sa route la belle Polina !

Chapitre 15

Samedi 16 juillet 2016

Alexandre venait de déposer, ce matin-là, Cécilia chez les parents de Rachel. Ces derniers avaient proposé, quelques mois plus tôt, d'emmener la jeune fille en vacances. Ils avaient prévu de prendre l'avion dès le lendemain matin pour un vol en direction de la Corse. Bien entendu, Alexandre faisait confiance aux parents de Rachel. Seulement, il nourrissait quelques inquiétudes à propos des deux jeunes filles. Mais la mère de Rachel l'avait rassuré en lui précisant que Benjamin, son fils aîné, faisait partie du voyage et qu'il ne manquerait pas de les surveiller toutes les deux durant toute la quinzaine qu'allait durer leur séjour.

En retournant chez lui, Alexandre trouva l'endroit bien calme. Aucune musique ne se faisait entendre dans la chambre de sa sœur. Le dîner qui fut servi sembla bien morose lui aussi. Cécilia n'était pas présente pour grommeler entre ses dents qu'elle détestait que les aliments soient mélangés. Elle les triait toujours avant de tous les avaler en ronchonnant tout de même ! Alexandre la laissait toujours faire en se disant que ce toc lui passerait avec l'âge.

Trois soirs plus tard, Alexandre se sentait toujours bien seul dans cette grande maison. Il remercia sa gouvernante en lui assurant que son repas était délicieux, mais qu'il n'avait pas vraiment d'appétit ce soir. Alors qu'il ôtait sa chemise, une réflexion silencieuse lui fit arrêter son mouvement. Il resta dans cette position durant trois ou quatre secondes avant de remonter son vêtement uniquement sur ses épaules larges et musclées. Sans prendre la peine de reboutonner sa chemise, il s'approcha de la console qui se trouvait dans ses appartements et se saisit de son portable. C'est alors qu'il commença à écrire un texto qu'il destinait à Polina.

« Bonsoir, Polina. Je ne te dérange pas ? »

« Bonsoir, bel espion ! Jamais ! » écrivit-elle aussitôt.

« Tu fais quelque chose ? »

« Non. Et toi ? »

« Non. Veux-tu que l'on aille prendre un verre quelque part ? »

« Oui », répondit-elle avec plusieurs smileys.

Et ils se retrouvèrent à peine une demi-heure plus tard devant le très luxueux hôtel-restaurant *Le Meurice* situé face au jardin des Tuileries. Tandis que deux voituriers s'étaient déjà occupés de leurs véhicules, le portier leur ouvrait la porte, avec un large sourire, en les reconnaissant. Tous deux étaient des habitués des lieux même s'ils ne s'y étaient encore jamais rendus ensemble. Ils furent conduits à l'écart des autres clients, à la table du chef, même s'ils n'étaient venus que pour déguster une bonne bouteille et une nouvelle création de dessert du grand chef étoilé. Quelques minutes plus tard, une sommelière leur servait à chacun dans un verre en cristal, le liquide rubis qui s'écoula de la bouteille de vin qu'Alexandre avait commandé — un Château Petrus datée de 1989, année de naissance de Polina. Après avoir porté un petit toast à leur amitié, Polina interrogea Alexandre en s'apercevant qu'il était un peu distant dans sa conversation.

— Tout va bien, Alex ?

De s'entendre appeler ainsi le surprit agréablement, mais ce diminutif lui fit également penser à Cécilia qui avait été jusqu'à présent la seule personne à le prénommer ainsi. D'y songer, elle lui manquait plus encore que jamais. Depuis la mort de ses parents, il avait toujours peur pour Cécilia. Même si elle avait peur de le perdre par les liens d'une union, Alexandre, lui, avait peur de la perdre tout court. Il soupira longuement avant de répondre à Polina.

— Cécilia ? demanda Polina en le devançant tout en lui souriant amicalement.

— Cécilia, répéta-t-il tout simplement en levant son verre de vin que la sommelière, plantée en arrière-plan de la salle, venait de leur resservir.

Alexandre fit tinter à nouveau son verre contre celui de Polina avant que tous deux n'avalent chacun une longue gorgée de ce délicieux breuvage.

— On ne se refait pas ! dit-elle sur un ton qui surprit son ami, tout en reposant son verre sur la nappe d'un blanc immaculé.

— Et toi ? Comment vas-tu ?

— Je vais bien. Je me suis fait une raison ! Je m'approche de la trentaine alors il serait peut-être temps pour moi de songer au futur et non au passé, lâcha-t-elle avec la gorge quelque peu nouée.

Elle attrapa à nouveau son verre de vin qu'elle porta à ses lèvres.

— Voilà de bonnes paroles ! s'exclama Alexandre en relevant son verre.

Après presque deux heures, ils avaient consommé un délicieux dessert à la poire Williams et avaient trinqué plusieurs fois à différents projets qu'ils envisageaient dans leur futur. Alexandre avait pourtant peu bu de cet excellent vin. Mais concernant Polina, elle s'était laissé aller et avait bu plus que de raison. D'autant qu'elle ne supportait pas l'alcool sous toutes ses formes. Elle semblait penser que boire l'aiderait à oublier Vadim, mais au lieu de cela, ses pensées se trouvèrent confuses. Comme si elle faisait une projection de Vadim sur Alexandre... Elle se sentait grisée et bien dans son corps. Pourtant, elle semblait ne pas vraiment penser, car Alexandre n'entendit rien pendant plusieurs longues minutes à propos de Vadim. Puis, il manqua presque de s'étouffer avec son dernier morceau de tarte en l'entendant parler.

— Est-ce que je te donne envie, Alex ? demanda-t-elle avec un air mutin en se cambrant un tantinet sur sa chaise, dévoilant ainsi les formes de sa poitrine pulpeuse et parfaitement ronde.

Gêné, Alexandre la fixa de son beau regard clair. Il se sentait quelque peu confus à son tour pour lui répondre.

— Tu n'es pas sans savoir que dans ce palace, il y a de magnifiques suites de style Louis XVI et un somptueux spa…, laissa-t-elle entendre presque dans un murmure.

— Je crois que tu as assez bu pour ce soir, Polina. Je te ramène chez toi. Viens ! dit-il en se relevant de sa chaise.

Comme elle ne bougeait pas, il lui tendit sa main droite pour l'aider à se relever. Elle était quelque peu enivrée, ce qui fait qu'elle se sentait assez à l'aise avec lui pour s'agripper à son bras et poser sa tête naturellement contre son torse. Il l'encercla amicalement d'un bras. Ainsi rassurée, Polina huma le col de sa chemise. Alexandre sentait le parfum *Azzaro* à plein nez. Elle adorait ce mélange d'effluves virils surtout sur sa peau à lui. Vadim aussi portait un parfum fortement masculin, mais elle ne voulait surtout pas y songer en cet instant. Elle poussa un profond soupir tout en glissant une main innocente sous l'un des pans de la veste d'Alexandre qu'il n'avait pas eu le temps de reboutonner. C'est alors qu'elle trouva son torse plus ferme qu'elle n'y aurait songé de premiers abords. Ainsi lovée contre lui, elle se mit à dessiner du bout des doigts de petites arabesques. Alexandre piqua aussitôt un fard, et plus encore lorsqu'elle se mit à le caresser du plat de la main. Heureusement qu'ils arrivaient près de la sortie. Alexandre s'adressa au concierge pour faire demander son véhicule tout en lui signifiant qu'il reviendrait le lendemain matin récupérer le véhicule de *mademoiselle*. Polina se trouvait toujours lovée contre lui lorsqu'il se détourna du concierge pour sortir de ce palace. Le portier s'exécuta rapidement dans l'ouverture de la porte tandis qu'Alexandre lui glissait quelques billets dans la main. Celui-ci aurait pu patienter avec Polina dans le luxueux hall, en attendant de récupérer son bolide, mais il préférait prendre l'air frais, qui lui fit instantanément grand bien. Il espérait qu'il en fut de même pour son amie. Mais Polina en profita pour se lover un peu plus contre son corps.

— J'ai envie que tu me fasses l'amour…, souffla-t-elle à son oreille tandis que le voiturier, qui venait d'avancer le véhicule d'Alexandre, lui tendait ses clés avec un petit sourire de connivence.

Sans montrer une quelconque alliance masculine à l'attitude du voiturier, Alexandra attrapa ses clés et se dirigea rapidement vers son véhicule resté ouvert. Il maintenait toujours contre lui Polina de peur qu'elle ne tombe sur le sol. C'était la première fois qu'elle buvait autant. Alexandre songea qu'il l'avait invitée pour se guérir de sa propre morosité et voilà que c'était elle qui en faisait les frais. Il l'aida à s'installer sur le siège passager et se pencha sur elle pour lui attacher sa ceinture de sécurité. Polina en profita pour s'accrocher à son cou et le humer. Alexandre la fixa du regard avec un petit rire.

— Allez ! Sois sage et laisse-moi t'attacher ! lui ordonna-t-il sur un ton fraternel, le même qu'il aurait pu utiliser avec Cécilia.

Cependant, Polina était loin d'être sa petite sœur… Elle ne put alors s'empêcher de ramener son visage près du sien et de déposer ses lèvres sur les siennes. Alexandre se détacha d'elle doucement pour ne pas la contrarier. Il n'avait pas l'intention de la faire pleurer. En s'installant à la place du conducteur, il songea que le retour jusqu'à chez elle allait être long…

Comme il n'était pas si tard que cela, Vadim était parti faire un tour en voiture. Depuis que Moïsha avait enfin quitté son appartement, il se sentait plus libre dans ses mouvements. Son avocat lui avait assuré que le divorce serait prononcé d'ici un mois. Alors seulement à ce moment-là, il serait totalement libre… Il avait dans l'idée de revoir Polina. Pas pour ressortir avec elle puisqu'elle avait un petit ami, mais plutôt parce qu'il avait envie de parler avec elle. Mais il se mentait et sa virilité le rappela à l'ordre tant elle se ragaillardit, bien fièrement dans son pantalon. Depuis qu'il avait revu Polina, il faisait un nombre incroyable de rêves érotiques où seule la belle Polina était l'héroïne de ses songes. Rien qu'en pensant à elle, il se sentit émoustillé, le cœur battant. Après tout, il pouvait toujours aller la voir et discuter sans avoir à lui montrer l'ardeur qu'il nourrissait toujours pour elle. Tout en continuant à conduire, il décida de changer de route et de passer devant chez elle, au cas où il viendrait à la croiser.

Seulement, il ne croyait pas si bien dire…

Alors qu'il tournait dans sa rue, une Aston Martin était garée juste devant sa porte d'entrée. Vadim reconnut aussitôt les traits d'Alexandre ressortant de ce bolide. Il stoppa son véhicule à quelques mètres du sien, en plein milieu de la rue, et le regarda faire.

Alexandre fit le tour de son véhicule et demanda à Polina les clés de chez elle. Elle mit plus d'une minute à les lui remettre. Doté de ses clés qu'il conserva dans l'une de ses mains, il l'aida à ressortir de sa voiture. Dès qu'elle se retrouva debout, elle s'accrocha aussitôt à son torse et se pendit à son cou avant d'y déposer de petits baisers aussi légers qu'une plume. Vadim sentit comme une lame lui traverser le cœur. Il regrettait d'être passé par là, mais il ne put s'empêcher de continuer de les observer. Alexandre souleva dans ses bras Polina laquelle n'avait pas ôté ses bras lui entourant le cou. Il l'emporta jusqu'à l'entrée principale qu'il ouvrit tout en conservant la jeune femme au creux de ses bras. Un coup de klaxon retentit dans la rue, surprenant Vadim encore plongé dans le film tortueux qui se déroulait devant ses yeux. Il en avait le cœur en miettes. Il appuya sur l'accélérateur et son véhicule redémarra l'emportant ainsi dans la nuit sous une pleine lune d'une clarté exceptionnelle.

Cinq minutes plus tard, Alexandre allongeait Polina sur le lit de sa chambre. Il lui ôta ses chaussures et son petit blazer et l'aida à se rallonger sur son lit. Mais Polina lui agrippa le col de sa veste et l'attira vers elle. Alexandre, qui ne s'y attendait pas du tout, perdit l'équilibre et se retrouva allongé sur elle. Ils se retrouvèrent tous les deux à se fixer du regard avec un petit rire.

— Polina, je crois que je ferais mieux de partir, dit-il en lui arrangeant une mèche de cheveux qui était venue se placer sur son regard.

Ce geste pour lui fort anodin semblait être pour elle très érogène.

— Reste ! Je t'en prie, reste… *J'ai besoin de toi…*

Et elle déposa ses lèvres doucement sur les siennes sans un autre mouvement. Il aurait fallu à Alexandre être un surhomme pour ne pas l'embrasser. Il releva légèrement la tête tandis que son parfum légèrement sucré lui enivrait les narines. Elle sentait merveilleusement bon. Les deux verres de vin dégustés au *Meurice* et son instinct primaire l'aidèrent sans nul doute à déposer sur ses lèvres pulpeuses un baiser léger. Puis, celui-ci en appela un autre, puis encore un autre avant que leur langue ne se mélange avec un certain engouement.

— Dis-moi que tu as envie de moi…, lâcha-t-elle en chuchotant contre ses lèvres.

Alexandre se rendit soudain compte de la protubérance qui lui déchirait l'entrejambe en entendant de telles paroles. Il écarquilla les yeux et détacha sa bouche de celle de Polina en se demandant à quel moment il avait perdu la tête.

— Non ! Arrête ! Je ne peux pas faire l'amour avec toi ! gronda-t-il plus pour lui-même que contre elle.

— Pourquoi ? demanda-t-elle en se relevant sur ses avant-bras, dès lors qu'Alexandre s'était totalement relevé.

Debout devant elle, il restait immobile, ses pensées

totalement confuses. Il ne savait pas comment lui présenter des excuses et surtout lui avouer qu'il voulait aimer une femme avec son cœur et non pas avec sa masculinité dont mère Nature l'avait si admirablement loti.

— Oh, Polina... Je t'aime beaucoup ! Beaucoup, mais pas comme tu aimerais qu'un homme t'aime...

— Tu m'aimes, mais en fin de compte, tu ne peux pas coucher avec moi ? l'interrompit-elle, toujours grisée par le vin et le baiser échangé.

— C'est uniquement de l'affection que j'ai pour toi, répondit-il, le faciès pointé d'un certain trouble.

Le visage de Polina se marqua aussitôt de dépit. Elle essaya de se relever du lit, mais elle sentit tout tourner autour d'elle.

— Ooooh... Nooon... Je crois que je vais aller vomir...

Son visage venait de prendre une couleur cireuse et son estomac semblait soudain vouloir rendre le trop-plein du liquide capiteux qu'elle avait ingurgité. Alexandre l'aida aussitôt à se rendre aux toilettes et resta à ses côtés jusqu'à ce qu'elle se sente mieux. Il la porta ensuite jusque dans la salle d'eau et ouvrit le robinet. Il attrapa une serviette qu'il trempa sous l'eau tiède et s'en servit pour lui tamponner le visage. Il l'aida à se rincer la bouche et à se laver les dents avant de la ramener ensuite dans sa chambre. Il avait l'impression qu'elle était une poupée de chiffon tant elle était amorphe. À peine ferma-t-elle les yeux qu'elle s'endormit aussitôt. Il lui ôta sa robe et Polina se retrouva en sous-vêtements, magnifiques et plutôt indécents. Ce qui aurait pu revigorer un tantinet le bas-ventre d'Alexandre s'il n'avait pas eu une autre jeune femme à l'esprit. Il faut dire que Polina était une femme aux formes particulièrement attirantes. Afin d'éviter toute tentation, Alexandre la recouvrit rapidement avec l'édredon et lui assura dans un murmure qu'elle n'entendit pas qu'il passerait la nuit à ses côtés. Il ressortit de sa chambre silencieusement et alla s'allonger sur le sofa. Il finit par s'endormir, certes, difficilement ! Après tout, il n'était qu'un homme…

Le lendemain, à son réveil, Polina avait un mal de crâne terrible. Heureusement qu'il n'était pas trop tard. Elle pourrait d'ici une heure se préparer et se rendre à son bureau. C'est alors qu'elle fut surprise de se retrouver en petite tenue et encore plus lorsqu'elle aperçut Alexandre endormi sur son sofa. Sans faire de bruit, elle retourna dans sa chambre, ôta ses sous-vêtements et s'immergea sous l'eau fraîche d'une douche. Cinq minutes plus tard, elle en ressortait avec son peignoir turquoise, cintré à la taille. Elle ouvrit son dressing et choisit un tailleur avec lequel elle se vêtit rapidement avant de retourner dans le salon. C'est avec douceur qu'elle décida de réveiller Alexandre en s'accroupissant à ses côtés.

— Coucou, mon bel ami ! Que fais-tu là ? demanda-t-elle en n'ayant aucun souvenir de la soirée passée.

— Hmm… Polina ! s'exclama Alexandre en se relevant à moitié du sofa, un tantinet étourdi de ne pas s'être réveillé chez lui.

Puis, les détails de la soirée passée lui revinrent en mémoire.

— Est-ce que tu te sens mieux ? demanda-t-il en s'étirant un peu tant son dos le faisait souffrir.

— Oui, si ce n'est que j'ai un horrible mal de tête. Peux-tu me dire pourquoi tu as dormi ici ?

— Tu ne te souviens de rien ?

— Non.

— Eh bien ! On va dire que tu as bu un peu trop de Petrus, hier soir…

— Oh, mer… credi ! lâcha-t-elle en se relevant de sa position. Rassure-moi ! Je n'ai rien fait de grave ou même bien, une chose stupide que tu n'oserais pas m'avouer ? ajouta-t-elle, tout en posant ses doigts sur ses tempes tellement son pouls s'était remis à battre fortement à nouveau à cet endroit.

— Non ! Rien de grave, ne t'inquiète pas. Mais tu devrais prendre un cachet, car j'ai l'impression que tu vas te trouver mal, dit-il avec une petite grimace.

— Oui, c'est clair ! Je vais en prendre un et nous faire un café bien serré.

Une heure plus tard, Alexandre accompagnait Polina au restaurant-hôtel Le Meurice afin qu'elle récupère sa voiture. En la quittant, Alexandre était heureux qu'elle ne se souvienne de rien. En revanche, les pensées qu'elle avait eues durant le petit-déjeuner avaient été d'ordre très sensuel à son égard. Elle n'avait pu s'empêcher de fantasmer sur lui, cette nuit, en l'imaginant allongé sur son sofa tandis qu'elle dormait à quelques mètres de lui. D'autant qu'elle ne s'était pas déshabillée toute seule. Ses pensées lui permettaient d'une certaine façon d'essayer d'oublier Vadim. Et, avec des chances, peut-être bien qu'il se fût passé quelque chose entre elle et Alexandre même si toutefois elle n'en avait plus aucun souvenir. Bien évidemment, Alexandre ne l'avait en aucun cas confortée dans cette idée en avalant son café !

Chapitre 16

Jeudi 21 juillet 2016

— Qu'est-ce que tu fais encore là, Vadim ? Tu devrais déjà être rentré chez toi et profiter d'un sommeil réparateur ! s'exclama le chirurgien qui travaillait fréquemment avec lui.

— Ne t'inquiète pas, Clément. Tout va bien, je t'assure ! Je finis ma tournée de visites et je rentre chez moi, mon ami !

— Je peux la faire à ta place, tu sais ! Allez, rentre chez toi et va dormir un peu ! Demain, on a du pain sur la planche, ajouta-t-il en lui faisant un clin d'œil tout en lui donnant une tape amicale sur son épaule gauche.

Vadim lui rendit son sourire. Finalement, et quelque peu soulagé, il accepta que Clément le remplace au pied levé auprès de ses patients. Tout en se changeant dans son vestiaire, tandis que la fatigue le gagnait un peu plus à chaque seconde qui passait, Vadim songea qu'il n'avait pas vraiment l'envie de se retrouver seul dans son immense appartement. Dès que son esprit n'était plus occupé par son travail, il ne trottait plus que dans sa tête des images de Polina et d'Alexandre allongés nus sur un lit, leurs corps enlacés. Ces évocations sexuelles étaient tortueuses pour lui. En fin de compte, il s'était totalement menti ! S'il avait revu Polina, il n'aurait pu s'empêcher de la prendre entre ses bras et de l'embrasser. Il en mourrait d'envie. Mais Polina n'était plus libre. Il lui fallait alors se faire une raison. Après être rentré chez lui, il se dirigea dans sa chambre et fixa son lit vide. En se laissant tomber à la renverse sur celui-ci, il ne put s'empêcher d'avoir les yeux brillants de peine contenue en songeant qu'il avait perdu à jamais la femme de sa vie…

Cachée dans sa petite voiture au croisement d'une rue proche de chez ses parents, Masha attendait patiemment que ceux-ci quittent Belle-Maison afin de pouvoir apporter en son petit chez elle ses nouvelles toiles ainsi que tout son matériel de peinture. Dans la rue d'en face, Bénédicte et Evän — lesquels étaient nouvellement en couple — attendaient tous deux, dans la camionnette de Bénédicte, le signal de Masha. Lorsque celle-ci fut certaine que les lieux étaient déserts, elle les interpella d'un appel de phares avant de mettre en marche son véhicule pour s'engager dans la Grande Allée de Belle-Maison. Bénédicte démarra également sa camionnette pour la suivre de près. Celle-ci se servait de ce véhicule pour faire ses livraisons de toiles sur Paris lorsqu'elle avait des commandes faites aux alentours de sa boutique. Il lui avait alors paru évident d'en charger l'intérieur avec les affaires de Masha afin de l'aider dans ce petit déménagement. Il faut dire que la nouvelle voiture de Masha n'était pas assez grande pour contenir plusieurs de ces immenses toiles…

Moins d'une heure plus tard, tous trois étaient repartis comme ils étaient venus. C'est-à-dire, en toute discrétion !

Pourtant, au coin de la rue suivante, Alexandre croisa la route de Masha. Ils se trouvaient tous deux à l'arrêt, au feu rouge, sur des voies opposées se faisant front. Ce qui attira en premier le regard d'Alexandre fut évidemment la couleur de cette BMW. Un rose pâle totalement *girly* ! Le feu tricolore passa enfin au vert et leurs regards s'accrochèrent en poursuivant chacun leur route.

— *C'est elle !* pensa Alexandre en manquant de se tordre le cou tant il ne voulait pas la quitter des yeux.

Masha aussi, d'ailleurs, s'était détournée de la route pour ne pas le perdre du regard. Lorsqu'Alexandre retourna finalement son visage vers son parebrise, il eut tout juste le temps d'appuyer brutalement sur la pédale de frein, évitant ainsi de peu un accrochage fâcheux. C'est avec les mains quelque peu tremblotantes qu'il repartit en direction de son bureau. Même s'il avait été surpris par son brusque freinage, ce qui le troublait encore était le fait que cette jeune femme se trouve sur Paris, en ce moment. Il ressentait au fond de lui que c'était bien celle qui lui avait tourné le cœur à Cannes. Il en avait la profonde certitude… Tout en s'installant derrière son ordinateur, il n'en revenait toujours pas. Ses pensées s'affolaient et il avait soudain la nécessité de parler de cette jeune femme avec quelqu'un. Mais Portia Christensen, avec laquelle il travaillait, était américaine et il n'arriverait sans doute pas à lui faire comprendre les émotions qui le traversaient en ce moment même. Il décida de terminer les deux dossiers sur lesquels il travaillait actuellement et songea qu'il pourrait ensuite en discuter avec Polina. Après tout, elle devenait chaque jour de plus en plus son amie.

Il était vingt heures passées lorsqu'Alexandre se décida enfin à lâcher son ordinateur. Avant de quitter son bureau, il envoya un texto à Polina en espérant qu'elle fut libre ce soir.

« Bonsoir Poli, es-tu libre à dîner ? »

« Pour toi ? Toujours… » répondit-elle avec un petit smiley.

« Dans quel endroit veux-tu aller ? »

« Hum… Que proposes-tu ? »

« Le Fouquet's ? »

« Da [6] ! »

« Dans 30 minutes ? »

« Da ! Da ! » écrivit-elle suivi de plusieurs smileys.

Et effectivement trente minutes plus tard, ils s'y retrouvèrent comme prévu. Polina trouva qu'Alexandre était quelque peu troublé. Elle attendit toutefois qu'ils soient tous deux installés pour lui en faire la remarque.

— Non, je t'assure, tout va bien, répondit-il, en se demandant soudain si ce rendez-vous n'avait pas un air trop puéril.

— Je ne peux te croire… Moi qui pensais que tu

---

[6] En russe dans le texte : *Oui !*

étais devenu mon ami, lâcha-t-elle en retroussant adorablement son petit nez.

Ce qui évidemment fit craquer Alexandre.

— Promets-moi de ne pas te moquer de moi !

— Promis ! rétorqua-t-elle en posant sa main droite sur son cœur.

— Je crois que je suis tombé… amoureux !

— De qui ? *De moi,* ajouta-t-elle en pensées.

— Non ! rétorqua-t-il instantanément alors qu'elle n'avait pas vocalisé ces deux derniers mots.

— Non, quoi ?

Alexandre se rendit compte de sa méprise. Il essaya aussitôt de se rattraper comme il le put. Décidément, entendre les pensées de Polina devenait pour lui de plus en plus difficile à gérer.

— Je voulais dire que je ne peux te donner son nom. Je ne la connais pas.

— Cela ne va pas te faciliter les retrouvailles, ajouta-t-elle avec une petite grimace tout en se déplaçant légèrement pour que le serveur puisse déposer son assiette devant elle.

Alexandre attendit également que le serveur lui dépose son assiette à son tour et qu'il se retire avant de poursuivre leur conversation.

— Je ne sais même pas si elle vit à Paris, à Cannes ou bien ailleurs.

— Où l'as-tu rencontrée ?

— À Cannes.

— Et c'est seulement maintenant que tu m'en parles !

— Je pensais ne jamais la revoir, mais je l'ai croisée cet après-midi en voiture. J'ai même failli avoir un accident !

— Oh, mer... credi ! s'exclama-t-elle de son juron préféré.

— Ne t'inquiète pas, j'ai eu plus de peur que de mal.

Alors, Alexandre raconta sa première rencontre avec cette jeune femme brune. Polina se mit à pouffer de rire lorsqu'il lui annonça comment Cécilia lui avait encore gâté cet instant durant l'exposition de peintures. Il poursuivit les détails en lui racontant sa seconde rencontre avec elle ce jour. Mais comme il ne raconta pas à Polina qu'il avait vu celle-ci dans une BMW rose pâle, ce qui aurait pu lui mettre la puce à l'oreille, car il n'existait certainement pas deux voitures de luxe peintes dans cette couleur, elle aurait alors pu lui dire qu'il s'agissait sans doute de sa petite sœur, Masha. Cependant, elle aurait été fort surprise de la savoir sur un stand d'artiste-peintre en train de vendre des toiles à Cannes puisqu'elle ne lui connaissait pas ce talent. Qui plus est, Polina n'avait jamais entendu parler de Bénédicte et de sa galerie de peinture. Alors Polina ne put être que désolée pour son ami à la fin de cette discussion. Ils se séparèrent tardivement et chacun rentra chez soi. Mais Alexandre, toujours tout seul dans sa demeure, ne put s'empêcher d'avoir de la mélancolie dans le cœur. Si au moins sa petite sœur avait été là, elle aurait pu lui occuper l'esprit avec l'un de ses innombrables problèmes de jeunes filles et ses petits tocs qui lui donnaient tant de charme...

Chapitre 17

Lundi 1ᵉʳ août 2016

Alexandre repartait de la demeure des parents de Rachel où il était allé récupérer sa sœur. Celle-ci avait la peau toute dorée par le soleil de l'île de beauté. Elle avait passé un merveilleux séjour avec la famille de son amie. Cela lui avait rappelé les vacances qu'elle passait jadis avec son frère et ses parents lorsque ceux-ci étaient encore de ce monde. Malgré cette petite mélancolie, elle avait eu beaucoup de plaisir à se faire dorer sur la plage avec Rachel et à sortir tous les soirs sous l'œil attentif et discret de Benjamin, de trois ans leur aîné. Il avait escorté les deux jeunes filles à chacune de leurs sorties nocturnes, ce qui avait plutôt bien plu à Cécilia, laquelle, sans aucun scrupule, avait trouvé qu'il émanait de Benjamin un charme particulier. Cependant, celui-ci avait su l'éconduire de l'intérêt qu'elle lui portait en trouvant les mots justes afin de ne pas la blesser. Ce qui n'avait absolument pas contrarié Cécilia qui semblait tomber fréquemment amoureuse. Deux heures après s'être faite éconduite elle avait déjà porté son regard sur un nouveau garçon qui avait rejoint leur petit groupe d'amis…

Alexandre était ravi de la retrouver même si celle-ci avait déjà prévu d'aller passer les deux prochains jours chez Rachel. Cécilia se sentait plus libre chez son amie que sous le regard paternaliste de son frère. D'autant qu'à elles deux, il leur était plus facile de tromper leur monde… Mais Cécilia avait énormément manqué à Alexandre. Il la trouvait plus grande, l'air plus mûr et même, en seulement deux semaines, son visage s'était affiné. En s'installant dans son véhicule, Alexandre fixa sa petite sœur qui attachait également sa ceinture. Il se sentait réellement heureux de la voir sourire ainsi. Il démarra et aussitôt une musique s'éleva dans l'habitacle.

— C'est nouveau cette musique, hein ? demanda-t-elle, surprise du genre qui s'élevait autour d'eux.

— Oui. C'est Polina qui m'a fait une petite compilation de musiques de film.

— Polina ? C'est elle qui te fait maintenant ta *Playlist* ! demanda-t-elle, fortement étonnée et un tantinet jalouse, puisque jusqu'à présent, c'était elle qui mettait des musiques dans l'iPhone de son frère.

— Ne commence pas à te mettre martel en tête. Polina est juste une amie, okay ! Juste une amie, d'accord !

Les lèvres de Cécilia se pincèrent en entendant cette courte explication qui ne la convainquit absolument pas en se souvenant d'un certain pli avec ce prénom, tandis qu'Alexandre remontait avec un large sourire le volume du son du poste que sa jeune sœur s'était permis de baisser.

En arrivant chez eux, Cécilia laissa à la bonne le soin de défaire ses bagages et brancha son pc. Elle communiqua avec ses amis jusqu'à l'heure du dîner. Quant à Alexandre, il avait décidé de travailler à la maison. Trois heures plus tard, lui aussi fut interpellé par sa gouvernante pour dîner avec sa sœur. Tout en écoutant les histoires qui étaient arrivées à Cécilia durant son séjour en Corse, à tout le moins, celles dont elle avait bien l'envie de s'épancher auprès de son frère, celui-ci se mit à penser à la jeune femme brune qui lui taraudait l'esprit depuis son retour de Cannes. En voyant que sa sœur ne baissait jamais les bras et avait une volonté hors du commun dès qu'elle avait un intérêt pour quelque chose, il se convainc alors que lui aussi pouvait se laisser pousser des ailes et tenter le Diable. C'est ainsi qu'il décida qu'il irait, dès le lendemain après son travail, faire le tour des galeries d'art au cas où la providence remettrait encore une fois sur sa route cette superbe jeune femme …

Chapitre 18

Mardi 2 août 2016

Après une journée de travail, Alexandre se trouvait dans son véhicule et roulait en direction des quais de Seine. Avant de se rendre à son hôtel particulier, il décida de commencer à faire le tour des galeries d'art tel qu'il se l'était dit la veille. Sur la route, un feu tricolore passa au rouge et il stoppa son véhicule derrière trois autres qui se trouvaient devant lui dans la même file. Il tourna sa tête vers la droite et admira le ciel. La masse gazeuse habituellement bleue tendait vers l'orangé à cause du soleil couchant dont les rayons magnifiaient tant l'horizon. Alexandre se trouva subjugué par cette multitude de teintes durant deux longues minutes. La voiture située derrière lui klaxonna après que le feu tricolore fut passé au vert, ce qui fit ressortir Alexandre de son état de rêverie. Il redémarra son bolide et poursuivit son chemin. Au vu de l'heure qu'il était, il réussit tout de même à se garer dans une vieille ruelle et visita trois galeries d'artistes-peintres. Néanmoins, dans aucune d'elles, il n'entrevit la jeune femme brune qu'il recherchait. Il remonta dans son véhicule et reprit la route sans se douter que Masha travaillait juste à une centaine de mètres de l'endroit où il se trouvait.

Cependant, était-ce grâce à la Providence, un appui des Cieux ou bien alors tout simplement mère Nature qui ne voulait pas qu'il quitte les lieux ? Nul ne saurait véritablement le dire… Alors, sans que personne ne s'y attende au vu de la clarté du ciel, une petite pluie fine commença à tomber. Puis, tout à coup, au loin, l'orage battit son plein. Le ciel était zébré d'éclairs majestueux. Alexandre se fit la réflexion silencieuse que le ciel pouvait parfois mettre en scène, un spectacle de lumières surprenant. Soudain, la foudre tomba sur la plus haute pointe de la cathédrale *Notre Dame de Paris* faisant apparaître d'incroyables éclats lumineux. Un deuxième éclair zébra le ciel avant de venir s'écraser sur le bolide d'Alexandre. Le véhicule cala brusquement arrêtant aussitôt sa course devant la galerie d'art de Bénédicte. Alexandre avait beau grogner contre la terre entière, tout en appuyant plusieurs fois sur le bouton *start*[7], son véhicule ne répondait plus à aucune commande… Au bout de plusieurs essais infructueux, il se décida à ressortir de son véhicule en vue d'ouvrir le capot. Mais de nouveaux éclairs s'abattirent non loin de l'endroit où il se trouvait.

Le grondement du tonnerre ainsi que les lumières qui s'étaient toutes éteintes dans la galerie d'art avaient fait sursauter Masha et Bénédicte. Avec une légère

---

[7] Start en anglais dans le texte : démarrer

appréhension, elles s'étaient toutes deux dirigées vers l'extérieur en se demandant si tout le quartier avait également perdu son électricité.

Pendant ce court instant, Alexandre ne se souciait nullement de l'orage. La foudre ne tombait jamais deux fois au même endroit ! Il était certain d'avoir déjà entendu cet adage quelque part…

Cependant, un éclair vint s'écraser pratiquement à ses pieds. Plus de cent millions de volts s'abattirent dans un redoutable éclat, aveuglant tout sur son passage. Alexandre s'écroula instantanément sur le sol sous une pluie battante. La scène venait de se dérouler sous les yeux de Masha qui avait encore le regard marqué par cette illumination naturelle. Après de longues secondes, elle finit par distinguer Alexandre dont elle ne reconnut pas les traits sous la pluie. S'apercevant que celui-ci restait inerte, le corps étalé sur la route devant un véhicule paraissant être en panne, elle se dirigea vers lui aussi rapidement qu'elle le put au vu de la tempête qui faisait rage. Elle prit tout de même soin de crier à Bénédicte, qui l'avait suivie, d'appeler les secours. Celle-ci retourna aussitôt dans sa galerie pour se saisir de son iPhone et s'exécuter tandis que Masha se penchait déjà sur le corps d'Alexandre, recherchant aussitôt son pouls. Ne le trouvant pas, elle entreprit avec bienveillance un massage cardiaque accouplé d'un bouche-à-bouche.

— A…llez ! A…llez, res…pi…rez ! s'exclama-t-elle en appuyant ses deux mains par à-coups afin que son cœur se remette à battre sans son assistance.

Bien que Masha reposât plusieurs fois ses lèvres sur

celles d'Alexandre tout en lui insufflant de l'oxygène dans les poumons, celui-ci ne fit aucun mouvement. La pluie les trempait totalement et les cheveux de Masha s'accolaient au visage d'Alexandre, à chaque fois qu'elle reposait ses lèvres sur les siennes. Au creux de cette obscurité profonde doublée d'une pluie incessante, elle n'aurait jamais pu reconnaître les traits de son bel inconnu.

— Allez ! Je vous en prie… respirez !

Entre chaque tentative pour le sauver, elle lui parlait, priant le Ciel pour qu'il se réveille. Mais Alexandre ne reprit pas connaissance. Les secours finirent par arriver et prirent le relais tout en intimant à Masha et à Bénédicte qui l'avait rejointe de bien vouloir s'écarter. Ils découpèrent rapidement la chemise d'Alexandre et placèrent aussitôt sur son torse les deux électrodes du défibrillateur. Masha tenait entre ses mains jointes la médaille de la Sainte Vierge qui ornait son cou tout en observant les secours qui comptaient à voix haute les cinq secondes règlementaires avant d'administrer à Alexandre une décharge électrique de 750 volts. Avec le choc, son corps se souleva du sol avant d'y retomber aussitôt, tout aussi inerte. Masha s'agenouilla et pria plus fort, suppliant les Cieux de le laisser vivre, même si elle n'avait aucune idée du pourquoi cet inconnu comptait soudainement tant pour elle. Après une seconde tentative, le cœur d'Alexandre redémarra tout seul. Le jeune homme émergea dans un état brumeux, incapable de parler ni de réfléchir. Il ne se rappelait même pas ce qu'il faisait avant cet instant.

Masha se releva du sol et se sentit soulagée de le voir reprendre vie, même si elle ne put s'adresser à lui. Il était encore trop secoué et était entouré de plusieurs sauveteurs qui l'emportaient déjà vers le véhicule médicalisé en vue de l'emmener rapidement à l'hôpital tandis que la police, restée sur place, comptait interroger Masha. Indéniablement, telle que le lui avait dit l'un des pompiers avant de la quitter, elle venait de sauver la vie de cet homme. Masha était heureuse de le savoir. C'était la première fois qu'elle sauvait quelqu'un. Pourtant, elle n'était pas seulement heureuse de lui avoir sauvé la vie. Malgré l'obscurité, elle avait entrevu ses traits, mais pas assez pour reconnaître l'homme qui lui avait emporté le cœur. Et bien qu'inconscient, cet homme lui avait fait ressentir quelque chose au fond d'elle sans qu'elle sache pourquoi. Cependant, elle n'osa demander aux forces de l'ordre, qui venaient de l'interroger, l'identité de cet homme.

Accompagnée de Bénédicte, elle rentra à nouveau dans la galerie d'art et toutes deux se séchèrent leurs cheveux dégoulinants d'eau de pluie avec des serviettes avant que l'électricité du quartier fonctionne à nouveau.

Tout en se remaquillant, Masha se sentit à la fois excitée de raconter aux siens cette histoire tout en ayant la peur au ventre que ceux-ci ne se rendent pas compte qu'elle venait de faire un acte de bravoure. C'est avec une joie au fond du cœur qu'elle finit par se décider à rentrer à Belle-Maison. À peine arriva-t-elle chez ses parents, qu'elle s'empressa de raconter à sa mère, ce qu'il venait de lui arriver une heure plus tôt.

— Je t'assure, maman ! C'est réel ! La foudre lui est tombée sauvagement dessus et il s'est écroulé, inerte, sur le sol !

— Et c'est toi qui l'as sauvé ?

— Oui, maman !

Masha prit une grande inspiration avant d'ajouter :

— Cela fait plaisir de voir que tu mets en doute mes paroles avec tant d'ardeur !

— Je ne savais pas que tu avais suivi des cours de sauvetage… C'est tout !

— Ah ! Évidemment, le doute s'installe ! Tu me crois donc incapable de faire quelque chose de mes mains ! s'exclama en colère Masha. Eh bien, sache que pour ta gouverne, chère mère, j'ai suivi des cours de sauvetage, il y a des années lorsque je suis partie en voyage à Berlin avec mes amis Bénédicte et Evän !

— Si c'est la réalité, Mashen'ka, je suis fière de toi, bien sûr !

— Arrgh ! Comme d'habitude, tu ne me crois pas ! Il n'y en a toujours que pour Polina dans cette maison ! s'écria-t-elle en ressortant des lieux tout en claquant la porte au derrière d'elle.

Elle se dirigea d'un pas alerte vers sa dépendance, souleva le petit pot rose d'une plante qui était noyé parmi d'autres pots de différentes couleurs, et se saisit des clés de sa petite demeure. Elle ouvrit la porte et referma celle-ci en s'appuyant dessus. Des larmes avaient envahi son joli visage et son mascara en suivait le chemin. Elle renifla lorsque l'on frappa trois petits coups nets sur la porte.

— Masha, c'est maman ! Puis-je entrer, ma fille ?

Celle-ci s'écarta de la porte d'entrée et tourna la poignée ronde. Elle entrouvrit la porte et sa mère entra.

— Excuse-moi, Mashen'ka ! Je n'avais aucune intention de te blesser. Mais comprends-moi, je ne t'ai jamais vu faire quoi que ce soit de tes mains ! Tu vas bientôt avoir vingt-quatre ans et je m'inquiète pour toi.

Masha s'essuya les yeux dans un mouchoir en papier et se moucha dans un autre avant de répondre à sa mère.

— Tu te trompes, ma chère maman ! J'ai sauvé cet homme !

— Je te crois, ma fille. Et sois-en fière, car cela n'est pas donné à tout le monde.

— Et tu te trompes doublement si tu crois que je suis oisive et que je ne fais rien de ma vie !

Masha ne pouvait plus supporter les reproches aigres de sa mère.

— Que veux-tu dire ?

Il ne lui fallut qu'une poignée de secondes de courage pour se décider à dévoiler à sa mère certains de ses petits secrets qui allaient changer considérablement sa façon de vivre.

— Suis-moi, maman…

Elle se dirigea avec sa mère vers la pièce avoisinante dans laquelle personne n'avait encore foulé le sol depuis qu'elle en avait fait son atelier de peinture. Elle laissa sa mère y pénétrer et resta à l'extérieur comme si elle avait soudain peur que même ce travail ne soit pas à la hauteur des attentes de sa mère.

— Tu conserves ici les œuvres de Bénédicte, lâcha Sofiya quand soudain elle aperçut la signature des tableaux. Oh, Mashen'ka ! C'est toi qui as peint ces tableaux ! s'exclama-t-elle en se tournant afin de plonger son regard dans celui de sa cadette.

Masha ne put lui répondre tant sa gorge s'était serrée, mais elle remua la tête en signe d'acquiescement.

— Oh ! Mais ils sont magnifiques ! s'étonna-t-elle en ne sachant où donner de la tête tant elle était impressionnée. Mon Dieu ! Mais pourquoi n'avoir jamais dit que tu avais un tel talent, ma fille ?

— Parce que je ne savais pas comment toi et papa l'auriez pris…

— Oh, Mashen'ka ! Mon artiste ! s'enthousiasma Sofiya en étreignant dans ses bras sa fille.

Celle-ci laissa sa mère déposer une myriade de petits baisers sur ses joues, sa bouche, son nez, son front tandis qu'un identique sourire joyeux leur mangeait à toutes deux le visage avec beauté. Sofiya apprit tout ce qu'elle aurait déjà dû connaître sur le quotidien de Masha. Elle regrettait de n'avoir pas, par le passé, ouvert assez sa porte à sa cadette en voyant la souffrance dans laquelle elle s'était plongée, seule et sans moyen de confidence auprès des siens. Après des explications, des informations et de bonnes nouvelles échangées entre mère et fille, Sofiya décida d'annoncer le soir même à son mari ainsi qu'à Polina, qui avait prévu de venir dîner chez ses parents, ce merveilleux talent qui avait été offert à Masha. Cependant, elle souhaitait leur donner autant d'émotions qu'elle venait d'en avoir en découvrant ce secret si bien gardé. C'est pourquoi elle fit installer, sur un magnifique chevalet en laiton de style baroque et placé dans la salle à manger, l'une des toiles lui plaisant le plus. L'endroit avait été choisi avec réflexion et il était donc impossible d'ignorer ce tableau en pénétrant dans cette pièce !

Un peu plus tard, dans la soirée, Piotr Leonidov rentra enfin chez lui. Il était en train de revêtir une tenue décontractée pour la soirée tandis que Polina arrivait seulement chez ses parents. La bonne la débarrassa de ses vêtements et de son sac à main, puis, sa mère l'embrassa sur la joue et la laissa pénétrer seule dans la salle à manger. Polina aperçut aussitôt l'œuvre trônant bien en évidence dans le salon tandis que Masha restait cloîtrée dans le petit salon accolé à celui-ci. Elle avait tellement peur de n'avoir pas le même résultat d'admiration avec les autres membres de sa famille, qu'elle avait eu avec sa mère une heure plus tôt, qu'elle préféra rester silencieuse et à l'abri de leur regard. Et elle était si anxieuse, qu'elle entortillait ses doigts les uns contre les autres, à s'en faire horriblement mal.

— Maman ! s'écria Polina puisque sa mère se trouvait dans la cuisine afin de s'assurer que le repas ne tarderait plus à être servi.

— J'arrive, Poletchka ! répondit-elle en lui donnant son petit nom tant elle avait le cœur plus que joyeux.

— C'est un nouveau tableau ! Il est magnifique ! s'exclama Polina en continuant à en admirer les détails.

— Oui, je suis bien d'accord avec toi, ma fille, rétorqua Sofiya avec un large sourire en se dirigeant vers celle-ci.

Polina détourna la tête de l'œuvre et fixa sa mère, surprise par la façon dont elle venait de lui répondre et surtout avec le ton qu'elle avait usé pour le faire.

— Maman, si je ne te connaissais pas, je dirais que tu sembles admirative d'une toile qui aurait pu être peinte par quelqu'un, hmm... tel un... enfin..., marmonna-t-elle en faisant une petite grimace en retroussant son petit nez.

— Un amant ? Hum... Tu n'es pas loin de la vérité, ma fille ! murmura Sofia en s'approchant de Polina. J'aime ce peintre de tout mon cœur...

— Mama[8] ! s'exclama Polina dans sa langue natale tant elle était choquée par la réponse de celle-ci. Kak ty mozhesh'tak postupat's papoj[9]?

— Oh, si tu crois que de me parler en russe va changer quelque chose, ma fille ! s'esclaffa à voix basse sa mère avec un sourire généreux. Je t'assure que ton père aime également énormément ce peintre, poursuivit-elle son dialogue toujours dans un chuchotement.

Polina, bouleversée par ces paroles dites sur un ton de confidences, fixa à nouveau le tableau et décida de déchiffrer la signature apposée sur celui-ci. Elle resta bouche bée lorsqu'elle tourna à nouveau la tête vers sa mère.

— Tu vois ! Même toi, tu l'aimes énormément ce

---

[8] En russe dans le texte : *Maman !*
[9] En russe dans le texte : *Comment peux-tu faire cela à papa ?*

peintre, ma Poletchka ! s'exclama Sofiya.

Dans un élan, Polina se lova entre les bras de sa mère, laquelle l'étreignit avec tendresse. Après quelques longues secondes, elle interrogea sa mère en se détachant de ses bras.

— Où est Mashen'ka ?
— File dans le petit salon…

Polina s'y dirigea d'un pas alerte et y retrouva sa sœur, plongée dans l'inquiétude et le doute. Les deux sœurs s'entretinrent quelques minutes avant d'entendre leur père exclamer son admiration devant ce tableau. Se tenant par la main, elles ressortirent du petit salon et Masha se positionna à quelques pas de son père.

— Ty nastoyashchiy khudozhnik, moya doch'[10] ! s'exclama-t-il en s'approchant de Masha avant de l'enlacer de ses bras.

La soirée se déroula sur une note joyeuse. Masha raconta alors qu'elle avait sauvé de la mort un jeune homme. Tous se sentaient fiers de Masha et pour la première fois de sa vie, la jeune femme ne se trouvait plus dans l'ombre de sa sœur et se sentait enfin son égale.

---

[10] En russe dans le texte : *Tu es une véritable artiste, ma fille !*

Chapitre 19

Mercredi 3 août 2016

Alexandre qui avait été emmené à l'hôpital Saint-Louis, la veille au soir, se trouvait encore dans un état cotonneux dû à l'arrêt cardiaque qu'il avait subi à cause de la foudre. Et en ce moment, il se trouvait incapable de répondre aux questions que lui posait à tour de rôle, médecins et infirmières. Il leur précisa bien qu'il avait une petite sœur et demanda à ce qu'on lui remette son téléphone afin qu'il puisse la joindre. Cependant, son iPhone avait *souffert* à cause de la foudre et était dorénavant inutilisable, tel qu'il put le constater lorsque l'infirmière le lui remit. Lorsque celle-ci lui demanda de lui dicter le numéro de sa sœur, Alexandre en fut incapable. Non seulement il venait d'offrir à Cécilia un nouveau téléphone avec un nouveau numéro, mais, malgré son excellente mémoire, il avait un mal fou à se concentrer pour se souvenir des nombres qui le composait. Mais ce ne fut pas la seule chose qu'Alexandre oublia. L'esprit confus, il ne se souvenait plus que Cécilia ne se trouvait pas chez eux, mais chez les parents de Rachel, depuis la veille, et qu'elle devait y passer encore deux jours complets. Qui plus est, les domestiques qui travaillaient dans son hôtel particulier étaient tous en congés sauf la bonne qui se trouvait en courses au moment où une secrétaire médicale avait téléphoné. Aussi, personne ne put prévenir Cécilia de l'état de son frère. Après une matinée complète à se torturer l'esprit, Alexandre se trouvait en cette fin de journée, tout aussi contrarié de ne pas arriver à se souvenir du moindre numéro. Pendant qu'il bataillait contre lui-même, Cécilia — accompagnée de Rachel — était allée rejoindre à la sortie de la salle de musculation son nouveau petit copain. Même si elle était fortement occupée avec celui-ci, elle restait surprise que son frère n'ait répondu à aucun de ses messages depuis au moins vingt-quatre heures. Cela finit par la chiffonner grandement, car si son frère ne prenait pas la peine de lui répondre, c'est que soit il était occupé par quelque chose de plus intéressant qu'elle, soit il était *trop* occupé par quelqu'un. Ce qui voulait dire que cette personne se trouvait être plus importante aux yeux de son frère qu'elle-même. Un petit pincement au cœur saisit Cécilia qui se demandait si Alexandre ne l'avait pas délaissée en fin de compte pour une femme. Bien entendu, en quittant deux heures plus tard ce garçon et tout en reprenant le chemin avec Rachel pour se rendre chez elle, l'inquiétude battait son plein dans sa tête.

— Arrête de paniquer ! s'exclama Rachel.

— Mais tu ne peux pas comprendre, tu n'as pas que ton frère, toi, tu as encore tes parents ! Moi, je n'ai plus qu'Alexandre ! s'exclama à son tour Cécilia avant d'exploser en pleurs.

— Ouaip ! Ce n'est pas faux ! Enfin, peut-être qu'il a un problème avec son tel ! lâcha Rachel en la serrant dans ses bras.

Cécilia renifla avant de se moucher puis d'acquiescer aux paroles de son amie.

— Mouais, tu as sans doute raison !

— De toute façon, on va être fixé dans deux minutes, ajouta Rachel puisqu'elles arrivaient toutes deux devant la porte de l'hôtel particulier des ancêtres de Lacy.

La bonne qui leur ouvrit leur annonça qu'elle n'avait pas de nouvelles de *monsieur* Alexandre depuis les dernières vingt-quatre heures. Mais comme Alexandre n'avait de comptes à rendre à personne, aucun de ses domestiques — ceux-ci ne vivant pas en permanence chez lui — ne s'en était alarmé avant que Cécilia n'en fasse la remarque à la bonne. La jeune fille s'en trouva alors des plus inquiètes. Elle se rendit dans la pièce que son frère utilisait comme second endroit de travail lorsqu'il lui arrivait de ramener des dossiers à la maison. Elle fouilla dans les papiers qui étaient disposés avec ordre sur le bureau. C'est ainsi qu'elle trouva un dossier portant le nom des Leonidov. Se souvenant de ce nom inscrit avec adresse au côté d'un prénom féminin loin d'être commun, sur un certain pli qu'elle avait soustrait pendant plusieurs jours à son frère, elle se décida à composer le numéro de téléphone qui y était associé. Elle ne connaissait ni Piotr Leonidov ni Polina du même nom, mais elle était trop angoissée pour s'en soucier. Ce fut Meredith qui décrocha. Celle-ci passa le combiné à sa maîtresse qui fut fort surprise de savoir qu'il s'agissait de Cécilia de Lacy qu'elle ne connaissait que par le biais des discussions qu'elle entretenait avec Alexandre. Sofiya se présenta à elle en informant Cécilia qu'Alexandre avait travaillé pour elle et son mari. Elle lui précisa, toutefois, qu'elle entretenait depuis avec son frère une relation amicale. Cécilia se trouvait au bord du désespoir. Ne sachant pas vers qui se tourner, elle s'épancha auprès de Sofiya. Celle-ci, devenue soucieuse à son tour en entendant les propos de la jeune fille, ne put néanmoins la rassurer puisqu'elle-même n'avait pas vu Alexandre depuis deux longues journées. Cécilia se mit à repenser à Polina, celle qui faisait dorénavant les *Playlists* de son frère. Un pincement de jalousie se raviva dans le cœur de la jeune fille lorsqu'elle se mit à imaginer son frère avec *cette* Polina. Peut-être que Sofiya la connaissait. Ce ne pouvait pas être seulement une coïncidence qu'elle porte le même nom qu'elle. Sofiya lui annihila cette désagréable image de couple en lui annonçant que sa fille, Polina, se trouvait en cet instant à ses côtés. Mère et fille se trouvèrent alors anxieuses à leur tour. Polina conversa avec la jeune fille avant de décider de venir chez Alexandre et de rester avec elle afin de voir comment faire pour retrouver son frère, qui était depuis devenu un très bon ami. Sur le chemin, Polina appela Constant afin de lui demander son aide. Elle n'eut pas le temps d'arriver au domicile de Cécilia que, déjà, Constant la rappelait. Il lui annonça alors la mauvaise nouvelle. Alexandre se trouvait à l'hôpital

Saint-Louis suite à un accident de la route, mais il ne put lui donner plus de précisions. Polina téléphona aussitôt à Cécilia en lui disant qu'elle ne tarderait plus à arriver chez elle. Afin de ne pas l'inquiéter, elle ne lui annonça pas cette mauvaise nouvelle, préférant le faire de vive voix. Mais afin de gagner du temps, elle lui demanda de la rejoindre au-dehors.

— Mon Dieu ! Alexandre ! s'exclama Cécilia en apprenant la nouvelle avant d'exploser en pleurs.

— Ne t'inquiète pas ! Monte en voiture, je t'accompagne à l'hôpital !

Durant ce temps, Vadim et Clément finissaient de boire un café dans la salle de pause de l'hôpital où Alexandre avait été transporté.

— Depuis combien d'heures, n'as-tu pas dormi, Clément ?

— Une vingtaine d'heures. Peut-être plus, ajouta celui-ci en faisant une petite grimace avec sa bouche tout en plissant le regard comme s'il risquait de se faire taper sur les doigts en guise de punition.

— Écoute ! Je t'en dois une, Clément ! Rentre chez toi, je prends ta tournée de visites !

— En es-tu certain ?

— Oui, certain !

— Allez ! Vas-y, fonce voir ta femme et tes filles et tu nous reviens demain en forme...

Ils ressortirent de la salle de pause et se séparèrent. Vadim rejoignit la salle des infirmières et se fit communiquer la liste de la tournée des patients de Clément à visiter. Accompagné de l'une des infirmières qui était de garde, il commença ses visites.

— Qu'est-il arrivé au patient de cette chambre ? demanda-t-il à celle-ci en s'arrêtant devant la porte d'Alexandre tout en étant soudain surpris de lire l'identité de celui-ci sur la fiche qu'il avait entre les mains.

L'infirmière lui détailla ce qu'elle savait avant de pénétrer avec lui dans la chambre. Vadim fixa Alexandre qui était allongé sur son lit. Il n'eut pas le temps de lui adresser la parole que quelqu'un frappait déjà à la porte, malgré la petite lumière rouge allumée par l'infirmière afin de signifier à tout visiteur qu'il ne devait pas pénétrer dans la chambre. Mais Cécilia n'en tint absolument pas compte et elle y pénétra, sans attendre une quelconque réponse, avec Polina sur ses pas. Cécilia, heureuse, se jeta au chevet de son frère, rassuré à son tour de la voir enfin.

— Mais que t'est-il arrivé ? Personne n'a pu nous dire ce que tu as eu ! s'exclama Cécilia.

Alexandre la rassura aussitôt par des paroles réconfortantes et lui assura que tout allait bien. Puis, il tourna son visage vers Polina. Son esprit était confus à son sujet, car il avait l'impression de l'entendre penser, mais le son de sa voix déclinait considérablement jusqu'à ce que plus rien ne lui traverse l'esprit. Mais ce qui le perturbait le plus était de voir le visage blême que Polina avait tout en fixant Vadim, lequel était resté sans voix depuis qu'elle avait pénétré dans la pièce. L'infirmière toussota en s'adressant à Vadim et celui-ci détacha son regard de Polina. Il s'adressa à Alexandre et lui assura qu'au vu des résultats, il pourrait sortir d'ici vingt-quatre heures. Par mesure de sécurité, Clément lui avait laissé une note dans le dossier, jugeant nécessaire une veillée de plus cette nuit. Alexandre avait tout de même fait un arrêt cardiaque. Vadim ressortit de la chambre avec l'infirmière laissant derrière lui Polina en plein émoi. Celle-ci sentait son cœur battre dans tout son corps. Elle ferma les yeux fortement en prenant une grande inspiration. Vingt secondes. Vingt secondes, c'est tout ce qu'il lui fallait pour savoir si elle pouvait enfin tourner la page avec Vadim.

— Excuse-moi, Alexandre !

Polina ressortit précipitamment de la chambre sans attendre la moindre réponse de son ami.

— Vadim ! s'écria-t-elle dans le couloir.

Celui-ci arrêta net son pas. Il demanda à l'infirmière de le devancer sur la visite du prochain patient et retourna sur ses pas. Polina était là, le regard plongé dans le sien dès qu'il arriva à sa hauteur.

— Tania, est-ce que tout va bien ?

— Oui, je vais bien, rétorqua-t-elle, le cœur empli de doux émois, qu'il la prénomme toujours ainsi. Et toi ?

— Je vais bien aussi, lui mentit-il d'un ton identique. Tu as besoin de quelque chose, demanda-t-il tant il se sentait troublé en sa présence.

— Heu... oui ! Je n'ai pas été bien aimable durant l'autre soirée et je voulais te présenter mes excuses, et surtout mes félicitations pour l'heureux évènement.

Polina avait songé qu'en parlant de la grossesse de

Moïsha cela apaiserait son cœur et qu'elle pourrait enfin laisser Vadim poursuivre sa vie sans qu'elle y interfère d'une quelconque façon. Mais elle ne s'attendit absolument pas à la réponse qu'il lui fit.

— C'est gentil à toi, Tania, mais… enfin… Je… ne suis pas le père de ce futur enfant…, lâcha-t-il en blêmissant au souvenir de cette trahison.

— Mon Dieu !

Alors, Polina porta sa main à sa bouche en écarquillant ses beaux yeux qui se mirent à briller de larmes contenues.

— Non ! Ne t'inquiète pas, je vais bien. Je t'assure, je vais bien…, réussit-il à dire en déglutissant avec difficultés.

— Je ne sais que dire…

— Oh, il n'y a rien à dire, lâcha-t-il en relevant ses deux mains comme une évidence.

Pourtant, il ne prit pas la peine de lui annoncer qu'il divorçait et même que celui-ci devait être prononcé d'ici les vingt-quatre prochaines heures.

— Est-ce que je pourrais te voir… plus tard, en tête-à-tête ? demanda-t-elle avec la gorge serrée.

— Oui, bien sûr ! Mais… ton petit ami ? rétorqua-t-il en lançant un regard vers la chambre d'Alexandre.

— Petit ami ? Oh, heu, non ! Alexandre est mon ami et non mon petit ami ! rétorqua-t-elle en secouant la tête soudainement confuse de lui avoir fait croire le contraire.

Vadim sentit un sourire envahir son visage à l'entente de ces paroles.

— Mais ne t'inquiète pas, je veux juste discuter avec toi. Juste discuter, je t'assure, lui mentit-elle.

En réalité, elle mourrait d'envie qu'il la prenne au creux de ses bras et qu'il l'embrasse comme jadis il l'avait fait.

— Je vais devoir te laisser, les patients m'attendent, dit-il en voyant que l'infirmière s'impatientait devant la porte du prochain patient. Mais je finis à vingt-deux heures ce soir. Peux-tu passer me prendre à l'entrée de l'hôpital vers cette heure-là ?

— Oui, bien sûr ! rétorqua-t-elle avec un sourire qui explosa sur son visage tant elle se sentait à nouveau le cœur heureux.

Vadim repartit en marchant à reculons tout en lui faisant un petit signe de la main auquel elle répondit de la même façon. Elle retourna ensuite auprès d'Alexandre et de Cécilia. Tandis qu'Alexandre réexpliquait à Polina ce qu'il lui était réellement arrivé, celle-ci, totalement surprise par ces faits, s'exclama :

— Mais alors, c'est Masha qui t'a sauvé !

— Qui ?

— Masha, ma petite sœur ! C'est elle qui t'a sauvé la vie ! Hier soir, elle est rentrée toute bouleversée par ce qu'il venait de lui arriver. Elle nous a raconté avoir sauvé un homme après que la foudre lui fut tombée dessus. Et c'est de toi qu'elle parlait, mon ami !

Alexandre n'en revenait pas. Que le monde était petit ! Bien entendu, cette expression serait encore plus véridique s'il savait que Masha était la belle jeune femme brune qui lui avait fait tourner la tête à Cannes. Mais ni

Alexandre ni Polina ne s'imaginaient un seul instant que cette personne était en fait Masha. À tout le moins, pour le moment…

Polina en profita pour glisser quelques mots à son ami en lui faisant savoir qu'elle comptait voir Vadim ce soir.

Durant leur conversation, Alexandre avait été surpris par deux faits. Le premier était qu'il semblait ne plus entendre les pensées de Polina. Ce don miraculeux lui avait été donné quelques mois plus tôt à cause de la foudre et hier soir, la foudre avait tout simplement repris ce don. Le second fait était que son amie allait se brûler à nouveau les ailes. Il la mit donc tout simplement en garde, en lui rappelant que Vadim était marié et qu'il allait bientôt avoir un enfant. Pour ce qui était de l'enfant, Polina éclaira son ami qui fut totalement surpris par cette nouvelle. Puis, il se souvint de la scène entre l'épouse de Vadim et de cet homme lors du gala de charité pour les orphelins. Leur attitude lui avait semblé déplacée. Mais il décida qu'il ne pouvait pas s'épancher ainsi auprès d'elle sans certitude et surtout devant Cécilia. Il mit toutefois en garde Polina lorsque celle-ci ne put lui affirmer que Vadim allait certainement demander le divorce. S'il décidait de rester vivre avec son épouse, Polina souffrirait encore une fois. Elle se rendit compte que son ami avait totalement raison. Elle se sentit soudainement dépassée et avait l'envie de pleurer.

— Promets-moi de ne rien faire de stupide, lui demanda-t-il.

— Je crois que je vais tout simplement annuler…

Polina et Cécilia étaient reparties un peu plus tard en assurant à Alexandre de venir le chercher le lendemain pour sa sortie. Sur le retour, Polina avait été plutôt silencieuse, mais cela n'avait en rien dérangé Cécilia qui était à nouveau scotchée à son portable en train d'envoyer des textos à ses *milliers* d'amis qu'elle avait sur les réseaux sociaux. Avant de déposer Cécilia chez les parents de Rachel qui avaient été d'accord pour la garder chez eux pour la nuit, Polina l'avait emmenée chez ses parents. C'est ainsi que Cécilia fit connaissance avec Sofiya, mais également avec Masha. Elle adora aussitôt cette jeune femme qui avait sauvé tout de même son frère. Tout lui plaisait en elle : sa façon de s'habiller, sa façon de sourire, la façon qu'elle avait de parler qui ne ressemblait en rien à Polina, car cette dernière était plus soutenue dans ses propos, en général. Et lorsque Polina annonça qu'il était l'heure pour elle d'aller se chercher des vêtements avant qu'elle ne la dépose chez les parents de Rachel, Cécilia se mit à adorer tout simplement Masha quand celle-ci lui proposa plutôt d'aller se servir dans sa penderie. Délaissant une vingtaine de minutes Polina et sa mère, Masha emmena Cécilia dans sa petite dépendance. Elle lui prépara un sac avec des vêtements qui ravirent la jeune fille. En remontant avec Polina en voiture, Cécilia songea qu'elle avait déjà hâte de revoir Masha, sa *nouvelle* amie.

Une demi-heure plus tard, Polina avait repris le chemin de son appartement. Après de longues minutes de réflexions durant lesquelles elle s'était demandé si elle devait annuler par téléphone son rendez-vous avec Vadim, ou bien si elle devait se rendre devant l'hôpital pour le lui dire de vive voix, elle finit par opter pour le second choix.

Chapitre 20

Mercredi 3 août 2016, vingt-deux heures…

Polina était repassée brièvement à son bureau. Mais elle n'avait pas réussi à se concentrer totalement dans ses dossiers tant son esprit était préoccupé par son futur tête-à-tête avec Vadim. Elle prévoyait une rencontre brève afin de lui annoncer qu'elle préférait annuler ce rendez-vous. Elle rentra chez elle pas trop tardivement afin de pouvoir se délasser dans un bain chaud et calmer ses pensées diffuses. Elle était ensuite ressortie de l'eau plus détendue et avait fini par s'apprêter pour se rendre enfin à l'hôpital.

Malgré l'heure tardive, une clarté exceptionnelle éclairait le parking de l'entrée de l'hôpital sur lequel Polina attendait Vadim. Elle avait prévu de lui annoncer avec regrets qu'elle annulait leur rendez-vous même si c'était elle qui lui en avait fait la demande. Lorsque Vadim arriva enfin vers elle, elle s'aperçut qu'il avait les cheveux humides tirés en arrière et qu'il portait une chemise d'un blanc immaculé ainsi qu'un pantalon noir qui moulait avec perfection ses longues jambes musclées. Il tenait sa veste jetée nonchalamment sur son épaule et arriva vers elle d'une démarche féline. Rasé de près, il était tel qu'elle l'avait toujours connu : à couper le souffle ! Elle sortit de son véhicule aussi rapidement que sa robe fourreau le lui permit et s'adressa à lui d'une voix remplie d'émotions, qui devint chevrotante lorsqu'il s'approcha dangereusement d'elle.

— Non. Je t'assure, Vadim, c'est une erreur ! Je te prie de m'en excuser. Je me suis totalement fourvoyée. Je préfère vraiment annuler notre rendez-vous.

— Vraiment ? demanda-t-il d'une voix rauque.

— Oui, vraiment ! essaya-t-elle de le convaincre tout autant qu'elle avait essayé de s'en convaincre elle-même.

— Alors, si tu ne voulais pas sortir, Tania, tu aurais dû porter autre chose…

Et il posa un doigt sur son épaule dénudée où seule une fine bretelle retenait le haut de sa robe de soirée. Il tira légèrement dessus et la relâcha dans un petit bruit. Puis, il pouffa de rire et Polina l'imita. Elle finit par se ressaisir et insista, à nouveau, pour annuler cette soirée.

— Tu as une femme qui t'attend, Vadim, et c'est avec elle que tu devrais…

Il posa ses doigts sur ses lèvres afin de la faire taire et approcha sa bouche de son oreille.

— Je viens de demander le divorce, ma Tania. Alors… ne t'inquiète pas et donne-moi tes clés. C'est moi qui conduis, chuchota-t-il tout près de ses lèvres avant de déposer un léger baiser sur la commissure gauche de sa bouche.

Polina se sentit envahie de frissons ardents. Trop

émoustillée par son attitude entreprenante, elle s'exécuta et s'installa à la place du passager sans un mot. Vadim la fixa du regard tout en démarrant la Mercedes. Ils roulèrent en direction du centre de Paris toujours sans échanger un seul mot. Pourtant, Polina avait mille questions qui lui taraudaient l'esprit. Constatant qu'elle restait plongée dans ses pensées, Vadim rechercha soudain sa main afin de la rassurer. Il l'enveloppa entièrement de la sienne, si large, avant de mélanger ses doigts aux siens dans des pressions sensuelles.

— As-tu faim ?

— Hum… oui… enfin… heu… non…, lâcha-t-elle en baissant le regard tant elle avait faim, mais de lui.

Vadim relâcha sa main afin de lui frôler le visage de ses doigts. Polina releva la tête, le regard brillant.

— Veux-tu que l'on aille chez moi ?

— Oui…, laissa-t-elle échapper de sa jolie bouche tandis qu'un sourire heureux prenait vie sur le visage de Vadim.

Il changea aussitôt de direction et prit le chemin pour se rendre chez lui. Arrivé devant le grand portail de la petite copropriété où il avait acquis un appartement grandiose, il appuya sur le bouton d'une petite télécommande, qu'il avait conservé sur lui avec ses clés de voiture, et attendit que les portes s'ouvrent en grand pour s'engager sous un porche tout magnifié de verdure. Il gara ensuite le véhicule de Polina sur son emplacement et ressortit aussi rapidement que possible de celui-ci afin d'aller ouvrir la portière à Polina. Celle-ci lui tendit la main en réponse à son geste de galanterie.

Vadim conserva sa main dans la sienne en se dirigeant vers l'ascenseur où l'une de ses voisines, surprise par leur intimité, patientait devant les portes qui s'entrouvraient. Après des salutations d'usage, Mme André — l'air choqué — s'engagea à l'intérieur sans un mot. Polina et Vadim lui emboîtèrent le pas, chacun d'eux avec un rire contenu en voyant la bouche pincée que cette quarantenaire célibataire affichait. Tout en jugeant silencieusement intolérable l'attitude de ce beau voisin qui avait repoussé par trois fois ses avances, celle-ci plaignait de la même façon sa pauvre épouse enceinte. Mais Polina et Vadim n'en avaient cure. Ils verrouillèrent leurs regards et toute une multitude de pensées grivoises les submergea tandis qu'une tension identique s'emparait de leur corps. À peine dix secondes plus tard, une alerte brève indiqua à Mme André qu'elle était arrivée chez elle. Elle ressortit sans un mot de l'ascenseur avec uniquement un dernier regard de dédain pour *l'amie* de son beau voisin. L'ascenseur redémarra sa course et s'arrêta à l'étage au-dessus. C'était le quatrième et dernier étage du petit immeuble que Vadim occupait entièrement. Vadim ouvrit l'unique porte d'entrée qu'il y avait sur le palier et laissa passer Polina en premier sans relâcher sa main qu'il emprisonnait dans la sienne. Tout en refermant la porte, il attira Polina vers lui. Elle se retourna pour lui faire front. Une multitude d'émotions traversait le visage de Vadim, et un muscle de sa mâchoire tressauta tant il se sentait nerveux et avait tant l'envie de se fondre dans la tiédeur de sa bouche. Il l'attira encore un peu plus vers lui et relâcha sa main pour mieux la retenir contre lui en portant ses mains de chaque côté de son cou gracile. Il essaya de ralentir sa respiration et tenta même de chasser un tremblement dans sa gorge. Il avait envie de lui crier son amour, mais sa gorge lui faisait mal, tant il voulait se fondre en elle. Ce fut Polina qui rompit le bruit de leur respiration saccadée.

— Tu sais, cela fait onze années que j'espère cet instant...

Vadim secoua légèrement la tête en signe de négation.

— Non, Tania, dit-il la gorge toujours serrée par les émois qui l'envahissaient totalement. Cela fait onze années, deux mois, quatre jours et... trente-trois minutes, lâcha-t-il en regardant brièvement sa montre. Durant tout ce temps, je n'ai jamais cessé de penser à toi... À nous...

Les yeux de Polina se mirent à briller plus encore par cette déclaration. Ses lèvres tremblotèrent tellement qu'elle se mordilla la lèvre inférieure pour se calmer. Ce qui attira indéniablement dessus le regard de Vadim. Il avança son visage vers le sien tout en la maintenant toujours par le cou. Puis, il pressa ses lèvres contre les siennes qui allaient déjà à leur rencontre. Vadim n'eut aucun mal à forcer la barrière de sa bouche pour y plonger la langue. Il voulait la goûter afin de se remémorer chaque saveur que son corps dissimulait. Ses bras l'enlaçaient et la caressaient tout autant. Polina noua les siens autour de son cou et lui rendit avec la même ardeur, chacun de ses baisers qu'elle accueillait comme une offrande. Vadim n'avait plus qu'une seule envie : rassasier le cœur de sa bien-aimée et tout autant son corps tant elle se pressait contre le sien. Vadim trouva la fermeture à glissière de sa robe fourreau et, avec impatience, il la fit descendre jusqu'à la chute de ses reins. Le tissu se plissa en glissant autour de son corps avant de choir autour de ses jambes. Polina se sentit frissonner de la tête aux pieds. Elle tira sur la chemise de Vadim et trouva le premier bouton qu'elle défit. Puis, les autres boutons suivirent le même chemin. Elle fit glisser la chemise sur les épaules musclées de l'homme qu'elle aimait depuis qu'elle avait dix ans. Tout en continuant à se laisser embrasser, elle se laissa emporter entre ses bras chauds et musclés lorsqu'il la souleva en traversant tout son appartement. Bien que personne n'habite avec lui, Vadim referma avec un pied la porte de sa chambre. Puis, il déposa Polina délicatement sur son lit et recula d'un pas afin de mieux l'admirer. Elle se trouvait vêtue uniquement de sous-vêtements qui ne cachaient que peu son corps.

— *Ty prekrasna, vozlyublennaya moya*[11] ! lâcha-t-il en mettant sa main sur le haut de son propre ventre, geste si particulier qu'elle lui connaissait lorsqu'il était submergé par les émotions.

Il inspira fortement avant de se rapprocher d'elle. Il déposa ses lèvres sur les siennes, tout en passant ses doigts sous un bas. Il la caressa avant de déposer une

---

[11] En russe dans le texte : *Tu es magnifique, mon amour !*

myriade de baisers tout le long de son corps. Puis, il releva la tête afin de plonger son regard brillant dans ses prunelles vertes.

— Vraiment, Tania ? Tu ne voulais pas sortir…, lâcha-t-il avec un petit sourire mutin auquel elle répondit de même. J'espère que ces dessous indécents étaient bien pour moi…

Puis, il déposa un baiser juste sur le haut de sa cuisse, entre la dentelle de ses bas et la minuscule petite culotte qui dévoilait le galbe de son adorable postérieur. Polina se mit à gémir de plaisir et Vadim remonta jusqu'à sa bouche afin de lui donner de délicieux baisers avant de lui murmurer sur ses lèvres :

— *Ty takaya krasivaya*[12]…

À nouveau, il attrapa sa bouche de la sienne et se gorgea de ses baisers. Puis, il fit glisser ses lèvres sur sa peau d'une blancheur délicate afin d'atteindre à nouveau le rebondi de ses seins qui pointaient sous ses assauts. Il goûta chaque millimètre de son corps tel qu'il l'avait fait tant de fois dans leur jeunesse. Tous deux retrouvèrent aussitôt ces gestes qu'ils avaient eus jadis, comme s'ils ne s'étaient jamais séparés. Il dévora sa féminité comme une friandise, s'emplissant de son parfum et se nourrissant de son nectar. Le plaisir les enveloppait de frissons intenses et les caresses qu'ils s'échangeaient laissaient des traces brûlantes sur leurs passages. Puis Vadim, d'une seule poussée reconquit son antre. La

---

[12] En russe dans le texte : *Tu es si belle*…

douceur de celle-ci était telle qu'il en avait le souvenir : humide et soyeux. Cette forteresse lui avait tant manqué. Il décida de prendre son temps, de ne pas jouir trop rapidement. Polina se cambrait pour mieux le recevoir en elle et elle le guidait de ses mains, posées sur son fessier viril et musclé, à chaque coup de reins qu'il lui donnait. Il s'enfonçait en elle avec extase, s'échangeant de longs baisers quand Vadim ne laissait pas glisser ses lèvres sur son cou, puis sur les aréoles de ses seins qui pointaient fortement. Polina poussa plusieurs fois des cris de jouissances durant cette nuit et Vadim grogna tout autant avec toute la masculinité qui le caractérisait. À leur réveil, leur cœur battait de nouveau à l'unisson.

— *Ya tebya lyublyu*[13], Tania.
— *Mne tozhe, ya tebya lyublyu*[14]…

---

[13] En russe dans le texte : *Je t'aime*
[14] En russe dans le texte : *Moi aussi, je t'aime*…

Chapitre 21

Jeudi 4 août 2016

En ressortant de l'appartement de Vadim, main dans la main avec ce dernier, Polina était une toute nouvelle femme. Son cœur battait comme jadis pour l'homme qu'elle avait toujours aimé. Vadim aussi se sentait enfin complet comme s'il lui avait manqué, durant plusieurs années, une partie de lui-même. Leurs cœurs, loin d'être tourmentés, c'est avec le même visage heureux que Vadim et Polina prirent la route à bord du véhicule de Polina pour se rendre à l'hôpital afin que Vadim récupère son véhicule, resté stationné sur le parking la veille. En se séparant devant l'entrée de l'hôpital tout en s'échangeant un incroyable baiser, ils avaient déjà hâte de se retrouver à la fin de la journée. Vadim retourna en salle d'opération avec un large sourire tandis que Polina, le visage totalement empourpré, rejoignait la chambre d'Alexandre afin de le ramener chez lui comme elle le lui avait promis la veille. Mais elle n'avait pas osé trop s'épancher sur ce qui lui était arrivé après vingt-deux heures…

— Tu es adorable d'avoir pris le temps de

t'occuper de mon bolide, Polina.

— Je sais à quel point ce véhicule t'importe, mon ami ! rétorqua avec un large sourire la jeune femme en lui ouvrant la porte de sa Mercedes.

Avant de rejoindre Vadim pour leurs retrouvailles, Polina s'était occupée de faire transférer le véhicule d'Alexandre qui se trouvait toujours à la fourrière afin de le faire envoyer en réparation au plus tôt. Elle savait que cela rendrait heureux son ami.

Alexandre s'installa du côté passager en poussant un long soupir. Il était soulagé de quitter les lieux. Il n'avait jamais vraiment aimé les hôpitaux. Les odeurs médicalisées qui se trouvaient en ces lieux ravivaient toujours en lui un atroce souvenir et des douleurs encore à ce jour contenues. Si son père était décédé sur le coup dans l'accident d'avion qui avait fait sa perte, sa mère était encore vivante lorsqu'elle avait été emmenée d'urgence par hélicoptère dans un hôpital situé à Rennes en France — leur jet s'étant craché en pleine Mer celtique. Alexandre avait passé deux jours à son chevet avant de la voir rendre l'âme. Il pensait en avoir fini avec ces douleurs, mais l'air ambiant de Saint-Louis était chargé de ces effluves qu'il avait essayé, en vain, d'oublier.

Polina démarra le moteur de sa voiture ce qui fit ressortir Alexandre de ses tristes pensées. Le trajet pour arriver chez Alexandre fut agréable, car Polina, pour le distraire de son état quelque peu silencieux, lui fit écouter de nouvelles musiques qu'elle avait installées dernièrement dans son iPhone. Les retrouvailles entre frère et sœur étaient à rompre le cœur. C'est dans une véritable joie qu'ils déjeunèrent tous les trois, ensemble. L'heure avait tourné et Polina avait un rendez-vous avec son père sur son lieu de travail. Mais elle se sentait si bien en leur présence, que c'est à contrecœur qu'elle leur annonça qu'elle devait prendre congé d'eux. Cécilia la rassura en lui disant qu'elle prendrait soin de son frère et qu'elle l'appellerait au moindre souci. Rassérénée, Polina s'obligea alors, à les délaisser.

Quelques jours s'écoulèrent durant lesquels personne n'aurait pu croire en la voyant faire que Cécilia serait si préoccupée par l'état de son frère. Depuis qu'il était sorti de l'hôpital, elle avait décidé d'être aux petits soins pour lui telle qu'elle l'avait promis à Polina. Cette dernière, qui ne manquait pas de venir visiter chaque jour son ami, put ainsi constater l'attention particulière que Cécilia avait pour son frère. Lors d'une de ces visites amicales durant laquelle ils se retrouvèrent uniquement tous les deux, Alexandre s'aperçut que Polina avait changé et que le sourire qui lui mangeait dorénavant le visage était sans équivoque : ses retrouvailles avec Vadim avaient été grandioses ! Polina s'épancha auprès de son ami et lui annonça qu'elle vivait déjà plus ou moins chez Vadim et que rien en ce monde ne pourrait jamais plus les séparer. Alexandre avait été surpris par toutes les informations qu'elle lui avait narrées avec un enthousiasme hors du commun. Surtout lorsqu'elle lui apprit que Vadim avait demandé le divorce bien avant leurs retrouvailles et que celui-ci venait d'être prononcé un jour plus tôt. Ils reparlèrent également du fait que Vadim ne pouvait avoir d'enfants. Mais Polina ne fermerait jamais la porte à l'amour de sa vie. Les enfants n'étaient que les fruits de l'amour, mais en aucun cas l'amour lui-même. Alors s'ils devaient *seulement* s'aimer, ils continueraient à le faire ainsi, uniquement tous les deux, tel qu'ils le faisaient depuis que leurs regards s'étaient accrochés l'un à l'autre la toute première fois.

Alexandre avait le cœur heureux pour son amie. Polina respirait tant la joie de vivre qu'elle lui laissa une empreinte joyeuse dans le cœur après être repartie. C'est alors qu'Alexandre se mit à songer à sa belle brune. Il savait qu'il devait se rendre en priorité chez les Leonidov pour remercier la sœur de Polina de l'avoir sauvé et de s'être occupée de Cécilia. Sa sœur, d'ailleurs, ne tarissait pas d'éloges à son égard. Mais pour le moment, il avait une envie plus forte à satisfaire. Il voulait revoir sa belle inconnue au cas où elle se trouverait encore dans la Capitale. N'étant pas encore autorisé à conduire, Alexandre décida de louer les services d'un chauffeur avec limousine. Moins de vingt minutes plus tard, il se faisait transporter dans les rues parisiennes tout près des quais de Seine. À l'arrêt dans une ruelle, Alexandre ressentit comme un pincement au cœur. Mais il n'avait pas le moindre souvenir de s'être déjà arrêté dans cet endroit. Son accident en ces lieux était totalement flouté et les seuls souvenirs qui lui revenaient en tête étaient ceux que Polina lui avait contés en regard des paroles de Masha.

Alexandre demanda au chauffeur de se garer, car il

souhaitait faire quelques pas sur le trottoir. En ressortant du véhicule, il intima au chauffeur de bien vouloir patienter dans la ruelle, l'informant qu'il n'en avait que pour quelques minutes. Celui-ci s'exécuta sans aucun souci en se remémorant le montant exorbitant qu'il allait percevoir pour cette course. Rassuré, Alexandre fit trois pas, puis s'interrompit dans sa marche en humant soudain la fragrance d'un parfum qui lui chatouilla aussitôt les narines. Il respira à plein nez tout en se demandant où il avait pu déjà sentir ces effluves. En fait, même s'il n'en avait aucun souvenir, ce parfum s'était imprimé la première fois dans sa mémoire olfactive lorsqu'il avait perdu connaissance, et c'était celui de Masha, car elle venait de marcher quelques secondes plus tôt au même endroit, laissant dans son sillage cette senteur enivrante. Mais Alexandre ne pouvait pas la voir puisqu'elle venait de rentrer dans la galerie d'art de Bénédicte. Des émotions multiples le submergèrent bien qu'il n'eût aucune idée de ce qui lui arrivait vraiment. Il referma brièvement les yeux en soupirant profondément. C'est alors que le souvenir d'entendre une voix lointaine s'écriant après lui, lui revînt en tête. C'était une voix féminine aux tonalités délicieuses qui le suppliait : *Réveillez-vous ! Je vous en prie, ne mourrez pas...* Il reprit sa marche lentement tout en se posant mille et une questions au sujet de ce parfum et de cette voix qu'il n'arrivait pas à situer dans son passé. L'esprit toujours pensif, il parcourut une dizaine de mètres avant de détourner son visage vers une vitrine devant laquelle il passait. Sans marquer le moindre arrêt, il balaya du regard l'intérieur. Bénédicte était dans sa galerie en train de vendre une toile à une cliente, mais ce ne fut pas elles deux qui lui firent soudainement arrêter son pas. Elle était là ! La plus belle femme qu'il lui avait été donné de voir — bien que trop brièvement — lors d'une certaine exposition de toiles. Elle se trouvait assise sur une chaise haute et faisait face à un chevalet dont Alexandre ne put admirer que la tranche de la toile. La jeune femme tenait un pinceau dans sa main gauche et une palette dans son autre main. Tout en la fixant avec beaucoup d'attraits, il la vit porter à son visage, la main qui tenait un pinceau avec le bout duquel elle écarta une mèche de cheveux qui s'était glissée devant son regard. Au passage de ce geste, elle délaissa sur sa joue une trace de peinture rouge-carmin. Instantanément, Alexandre n'avait plus qu'une seule envie : lui ôter cette petite salissure. Mais sa timidité le submergea comme toujours.

Combien de fois, d'ailleurs, avait-il été contraint de passer à côté de certaines choses à cause de cet embarras ? Bien trop ! Pourtant, il y avait des moments dans la vie où il suffisait parfois d'avoir vingt secondes de courage pour qu'il en résulte de magnifiques choses. Un muscle tressauta sur sa tempe et sa mâchoire se crispa. Alexandre prit alors une grande inspiration tout en saisissant l'audace qui le submergeait à son insu. Il posa une main sur la poignée de la porte vitrée avant de l'entrouvrir légèrement. La rituelle clochette de la porte d'entrée fit son travail en tintant avec vigueur. Masha détourna son visage de sa toile et regarda la personne qui faisait son entrée. Son regard s'accrocha aussitôt à celui d'Alexandre. Cupidon passa encore une fois par là en les enveloppant de son unique fougue. La vue embrasée l'un par l'autre, tous deux se sentirent transis d'émotions incontrôlables. Pourtant, Alexandre fut également traversé à nouveau par une force invisible qui le paralysa sur place. Un trac qui l'envahit d'appréhension. Masha reconnut son bel inconnu et se releva de son assise sans le quitter du regard. Elle se dirigea vers lui d'une démarche lente, comme si c'était impossible qu'il soit véritablement là. Bien qu'Alexandre reste envoûté par ce magnifique regard bleu, il fit un pas en arrière et redescendit ainsi l'unique marche qu'il avait escaladée. Puis, il relâcha la poignée et la porte se referma sur lui. Masha arrêta son pas, surprise par son repli. Alexandre se rendit soudain compte de ce qu'il faisait. Mais il était également incapable de repousser la porte pour la rejoindre. Transit de confusions et d'embarras, il se détourna d'elle et repartit d'un pas alerte vers la voiture. Il remonta à toute vitesse dans le véhicule et referma la porte aussi vite qu'il le put. Masha était sortie et avait fait quelques pas dans la direction qu'il avait prise. Mais elle ne put l'apercevoir. Arrivée juste à côté de la limousine, elle regarda les vitres teintées sans pouvoir apercevoir qui que ce soit à l'intérieur. Alexandre la fixait du regard s'étonnant encore de sa beauté. Une idée folle lui traversa brièvement l'esprit : il voulait passer le restant de ses jours à ses côtés ! Mais cette représentation se métamorphosa aussitôt en un simple rêve. Il resta totalement paralysé, confus et indécis à cause de sa timidité qu'il n'était pas arrivé à chasser totalement. Sans plus attendre, il demanda au chauffeur de démarrer et de le ramener chez lui. Il se sentait fébrile comme si quelqu'un s'amusait à comprimer son cœur entre ses mains. Il avait un besoin urgent de se coucher bien qu'il ne soit qu'à peine quinze heures. En rentrant, il n'hésita pas une seconde et s'allongea une heure durant avant que Cécilia ne rentre des cours. Inquiète à son sujet, elle insista auprès de lui pour qu'il lui parle, mais Alexandre resta muet comme une carpe. S'il devait se confier sur ses histoires de cœurs, il ne le ferait qu'avec Polina. Mais il valait mieux pour le bien-être de cette maison que Cécilia ne soit jamais mise au parfum de cette préférence...

Chapitre 22

Mardi 16 août 2016

Sofiya avait prévu un petit dîner, ce soir, chez elle, tel qu'elle s'était entendue avec Alexandre. Ce dernier lui avait d'abord proposé une invitation en sa propre demeure, afin de remercier Masha qu'il n'avait pas encore eu le plaisir de rencontrer. À tout le moins, en étant totalement éveillé. Mais Sofiya estima qu'il était encore un peu faible, comme Cécilia le lui avait annoncé la veille en rapportant les habits que Masha lui avait prêtés. C'est pourquoi elle avait insisté pour qu'il soit son invité.

Comme toujours, Alexandre était tiré à quatre épingles pour se rendre à ce dîner. Il n'était pas encore au bout de sa forme et il ne se rendait à cette soirée que par obligation de politesse — Masha lui avait tout de même sauvé la vie ! Il était content de la rencontrer, mais celle qui lui trottait en permanence dans son esprit et dans ses rêves était la jeune femme brune de la galerie d'art, au regard bleu *si* envoûtant. Peut-être que durant ce dîner, il pourrait discuter d'elle avec Polina si Vadim lui en laissait l'occasion. Il n'avait pas pu revoir Polina, mais elle lui avait laissé un message sur son portable l'informant que son père avait eu une entrevue avec Vadim et que leurs différends du passé étaient dorénavant entièrement dissipés. Tout en écoutant ce message, Alexandre s'était aussitôt dit que la soirée annonçait toutefois un repas quelque peu riche en émotions.

Et Alexandre ne croyait pas si bien dire…

Accompagné de Cécilia, il arriva chez les Leonidov avant Polina et Vadim. Ils discutèrent des travaux passés et des créations futures d'Alexandre sans oublier au passage d'avoir de l'intérêt pour la jeune fille qui les écoutait en s'ennuyant fermement. Celle-ci n'avait qu'une hâte : que Masha arrive au plus tôt ! Mais Masha avait quitté tardivement la galerie de Bénédicte et se trouvait encore sur la route. Toutefois, d'ici un quart d'heure, Alexandre pourrait enfin remercier sa sauveuse. Le carillon de la porte d'entrée sonna annonçant l'arrivée de Polina et de Vadim, plus amoureux que jamais. En les accueillant tous les deux, Sofiya remarqua aussitôt le solitaire qui trônait autour de l'annulaire de sa fille, lorsque d'un geste de la main, celle-ci lui fit signe.

— Oui, je suis fiancée, maman !

— Oh, ma fille ! s'exclama sa mère, le cœur empli de joie.

Piotr salua à son tour le couple et Alexandre et Cécilia l'imitèrent. Puis, Vadim demanda à Piotr un petit entretien en privé. Il savait que le père de Polina était très à cheval sur les principes. Il préférait alors lui demander la main de sa fille en bonne et due forme. En moins de cinq minutes, *l'affaire* fut réglée et une accolade amicale scella leur entente.

Durant ce temps, Masha avait garé son véhicule dans le parc. En traversant celui-ci à pied, elle remarqua la limousine noire, la même qu'elle avait vue garée non loin de la galerie de Bénédicte, quelques jours plus tôt. Le chauffeur, qui avait sa vitre baissée, lui fit un petit signe de tête auquel Masha répondit à l'identique. Puis, elle entra chez ses parents sans frapper. Meredith la débarrassa aussitôt de ses vêtements tout en lui précisant qu'elle était très attendue au salon.

Masha huma l'air présent avec un sourire mutin tout en demandant :

— Pommes ou Poires caramélisées ?

— Pommes ! rétorqua Meredith avec un sourire similaire.

La jeune femme — gourmande notoire — ne put s'empêcher alors de se rendre rapidement en cuisine, afin de connaître le dessert qui serait servi.

Pendant ce temps, Alexandre, fervent admirateur de toiles de maître, en était venu à discuter avec ses hôtes d'artistes-peintres connus. Sofiya, avec fierté, ne put s'empêcher de demander à Alexandre ce qu'il pensait de la toile qui trônait dans le salon sur l'immense chevalet, sans lui préciser qui en était l'auteur. Alexandre se releva de son assise avec toujours autant d'élégance et se positionna devant le tableau. Il en admira aussitôt les jeux d'ombres et de lumières qui donnaient un réalisme fou à ces ruelles parisiennes. Mais il n'eut pas le temps de déchiffrer la signature, car Cécilia s'était relevée elle aussi du sofa en voyant Masha pénétrer dans ledit salon.

— Masha ! Tu es enfin là ! s'écria-t-elle en se serrant dans ses bras.

Surpris par l'exclamation de sa petite sœur, Alexandre détourna son visage de la magnifique toile. Son regard s'accrocha aussitôt à celui de Masha. Il n'en revenait pas. C'était elle, sa belle inconnue.

La providence, Cupidon ou bien n'importe quel autre ange du genre s'amusait incontestablement à les placer, l'un sur la route de l'autre. C'était même à se demander si sa rencontre fortuite dans le parking avec Polina n'avait pas été un calcul bien agencé par ces *petits Êtres de lumières* pour qu'il finisse par se retrouver présent, ce soir, à ce repas familial…

Restés figés tous les deux, ce fut Sofiya qui les présenta l'un à l'autre tandis que Piotr s'exclamait que son artiste était enfin arrivé !

— Alexandre, j'ai le plaisir de vous présenter ma cadette, Masha !

— Masha…, répéta Alexandre le cœur battant.

Il s'avança vers elle et lui tendit la main. Elle s'en saisit et Alexandre ne la secoua pas comme il est d'usage de le faire, mais la conserva au creux de la sienne un certain temps. Assez pour donner un sourire de joie sur le visage de Sofiya qui s'imaginait déjà plein de choses à leur égard.

— Merci… Masha… de m'avoir sauvé… la vie !

Masha ne put répondre tant elle s'empourpra. Ils finirent par relâcher mutuellement leurs mains et Masha salua tout le monde en se serrant soudain dans les bras de sa grande sœur. Puis, les discussions reprirent à nouveau. Alexandre ne pouvait s'empêcher de ramener en permanence son regard vers Masha qui le recherchait du sien avec la même régularité. Sofiya souriait tellement que Polina finit par l'interroger du regard. Ne pouvant lui répondre, elle lui fit un petit signe en tapotant dans ses mains discrètement. Polina fixa alors Alexandre avant d'écarquiller les yeux en comprenant qui était Masha pour lui. Avec des gestes discrets en direction de Masha et une articulation silencieuse de mots, elle demanda à Alexandre :

— *Masha est ta belle inconnue ?*

Alexandre opina aussitôt du chef, avec les yeux brillants. Il se sentait envahi encore plus d'émotions en partageant cette délicieuse information avec son amie. La joie s'exhalait sur son beau visage qu'il tourna à nouveau vers Masha. Il continua de la regarder avec désir tandis que Cécilia était heureuse d'avoir retrouvé la jeune femme. Bien que cette dernière ait le cœur totalement emporté par la présence d'Alexandre, elle échangea avec Cécilia au sujet de son nouveau petit copain. Mais Masha avait une folle envie de converser avec Alexandre. Occupés tous deux à répondre dans des conversations séparées, ils furent ravis de voir arriver Meredith qui annonça que le dîner était servi. Ils se déplacèrent tous vers la salle à manger et Sofiya proposa à Alexandre de s'installer soit en face de Masha soit à ses côtés. Les deux intéressés répondirent en même temps.

— En face ! — À côté !

Ils se fixèrent avant de rétorquer l'inverse de ce qu'ils venaient de dire. Puis, ils pouffèrent de rire tant ils retenaient chacun leur joie. Finalement, Alexandre choisit de s'asseoir au côté de Masha. Il l'aida auparavant en reculant la chaise de cette dernière, puis attendit qu'elle prenne place avant de la rajuster aux abords de la table sous l'œil mutin des autres adultes. Ceux-ci, d'ailleurs, le regardaient discrètement s'exécuter tout en rougissant. Masha le remercia avec un large sourire et il prit enfin place à ses côtés. Cécilia s'était aussitôt placée à la gauche de Masha, car il était hors de question pour elle de se retrouver éloignée de la seule personne qui, ce soir dans cette maison, la captivait totalement. Polina fixa sa sœur avec un petit sourire espiègle avant de prendre place au côté de Vadim. Alexandre posa sa serviette sur ses jambes et Masha l'imita. Puis... leurs mains se frôlèrent. Ils échangèrent le même regard fiévreux et Alexandre se gorgea soudain de courage.

Au Diable sa timidité !

Il s'empara de sa main sous la table et Masha noua instantanément ses doigts aux siens. Leurs cœurs chavirèrent aussitôt à l'unisson. Alexandre sentit son propre corps se tendre tandis que Masha avait une myriade de papillons qui lui agitait le ventre. Elle comprenait pour la première fois ce que c'était d'être emporté par l'amour. Polina avait tant essayé de le lui faire comprendre, mais c'était impossible à le faire avec des mots. C'était quelque chose d'impalpable et pourtant, cette évanescence unissait tout sur son passage : le cœur, le corps et l'esprit. Et lorsqu'il s'agissait de fusionner des âmes, Cupidon était un Être fort généreux et rempli de bonté, comme en ce moment, le rendant ainsi magique et presque irréel.

Ce repas fut l'un des plus merveilleux qu'il fut donné de vivre à Masha et à Alexandre. Entre chaque plat, ils recherchaient à joindre leurs mains et les liaient dans des caresses tendres. Alexandre avait soudain l'envie d'être un magicien et de faire disparaître tout le monde afin de se retrouver seul avec Masha. Il mourrait d'envie de l'embrasser. Surtout, depuis qu'elle accolait sa jambe contre la sienne.

À chaque question ou bien avis qui leur était demandé, ils avaient du mal à y répondre tant leurs esprits voguaient ailleurs dans des pensées les réunissant déjà intimement.

Après un délicieux dessert, Alexandre demanda à Sofiya où se trouvait la salle de bain. Alors que celle-ci s'apprêtait à lui répondre, Masha se releva si vite de son fauteuil pour l'accompagner qu'elle en oublia qu'Alexandre tenait toujours sa main dans la sienne. Ils se relâchèrent rapidement mutuellement, mais Polina, Vadim et surtout Sofiya eurent le temps d'apercevoir ce geste. Alexandre se releva à son tour, le visage empourpré autant que celui de Masha. Toutefois, sur le sien y régnait un sourire qu'il s'obligeait à retenir, avec difficultés, certes ! D'un petit salut de tête et d'une main destinée à l'assemblée, il se détourna de la table et suivit Masha sans un mot. Tandis qu'ils se dirigeaient tous deux vers la salle de bain, un nouveau sujet venait de naître dans la salle à manger.

— Je savais bien que Mashen'ka allait finir par trouver son âme sœur ! annonça Sofiya sur un ton presque de confidence en portant son verre d'eau pétillante à sa bouche.

Piotr, qui n'avait rien vu, releva avec un certain étonnement ses épais sourcils tout en restant muet. D'une gourmandise identique à celle de sa cadette, il préférait de loin poursuivre la dégustation de cette délicieuse tarte aux pommes renversée, accompagnée de boules de glace à la vanille *fait-maison,* qui fondaient à vue d'œil. Mais il n'en fut pas de même pour Cécilia.

— Pourquoi dites-vous cela, Madame Leonidov ? demanda-t-elle en finissant à peine d'avaler avec une petite grimace, la grosse bouchée glacée qu'elle avait mise dans sa bouche avant de poser cette question.

Sofiya se rendit compte de sa bévue en présence de la jeune fille. Elle était au courant, tout comme Polina d'ailleurs, que Cécilia voulait son frère en exclusivité. Aussi, cela lui sembla délicat de lui annoncer que Masha et Alexandre étaient manifestement en train de vivre une idylle, et certainement plus, à en croire leurs attitudes. Polina adopta un ton fraternel et lui expliqua avec brièveté ce qu'il en était. Au moins, Alexandre n'aurait pas à affronter sa petite sœur tout seul. La réponse de Cécilia fut totalement à l'opposé de ce à quoi s'attendaient mère et fille. Elle aimait réellement Masha au point d'accepter de la partager avec son frère. Ce qui en soi était totalement incroyable du fait que ce serait plutôt l'inverse qu'il se passerait. Mais connaissant

Alexandre, toutes deux ne doutèrent pas qu'il serait assez complaisant avec Cécilia pour lui laisser croire ce qu'elle désirait du moment que Masha ferait partie de son existence. Et justement, dans l'intimité de leur entrevue, Masha et Alexandre se retrouvaient tous les deux isolés du reste du monde. Ils n'avaient pas refermé totalement la porte de la salle de bain, mais aussitôt à l'intérieur, Alexandre se sentit pousser des ailes. Cette fois-ci, il comptait bien prendre à bras-le-corps encore vingt secondes de courage et d'audace et continuer à changer ainsi le cours de sa vie. Il attrapa en coupe dans ses mains le visage de Masha et dans un mouvement fort lent, il déposa ses lèvres sur les siennes. Ils ressentirent aussitôt un étourdissement commun telle une ronde folle et leurs langues se trouvèrent sans aucune gêne. Ils ne pouvaient décoller leurs bouches l'une de l'autre tant l'ardeur emportait leurs corps qui se pressaient sans contrôle, l'un contre l'autre. Alexandre l'enveloppa de ses bras tandis que Masha entourait son cou des siens. Finalement, elle savait enfin ce que cela faisait de tomber amoureuse. Ce sentiment était fort et emportait tout sur son passage. Elle ne s'était jamais sentie aussi entière et vivante qu'en cet instant. Leurs caresses devenaient indéniablement vitales et l'ardeur qu'ils mettaient dans leurs baisers leur redonnait un nouveau souffle de vie. Puis, Alexandre se délaça quelque peu. Leurs regards se trouvèrent à nouveau. Masha avait des prunelles d'un bleu clair unique qui hypnotisaient totalement Alexandre. Quant à Masha, celle-ci trouvait qu'il avait les yeux de la couleur d'un magnifique lagon. Tous deux avaient le regard brillant tel celui qui annonce une forte fièvre. Mais là, il n'était pas question de maladie mais de passion.

— Nos enfants auront les yeux bleus…

Ces mots, lâchés sous le coup de l'émotion, avaient franchi ses lèvres sans qu'elle pût ou bien même qu'elle songeât à les contenir. Angoissée avec le regard anxieux, elle fixa Alexandre qui avait depuis gardé le silence. Il aurait pu avoir peur d'entendre de telles paroles, mais, bien au contraire, elles étaient celles qu'il attendait. Masha se mordilla la lèvre inférieure, se demandant si elle ne venait pas de tout gâcher entre eux. Alexandre la fixait toujours en silence avant de relever ses sourcils comme par étonnement.

— Nos enfants ? Hum… Oui ! Voilà une idée qui me plaît bien ! dit-il avec un formidable sourire.

Masha lui offrait son cœur et il comptait bien qu'elle comprenne que le sien lui appartenait déjà.

— Réellement, oui ? rétorqua-t-elle à son tour, en soupirant profondément, tellement elle se trouvait surprise d'un tel engouement.

— Oui ! D'ailleurs, on pourrait essayer au plus tôt ! lâcha-t-il avec un petit sourire mutin.

Masha laissa échapper un petit rire cristallin qu'Alexandre étouffa aussitôt d'un baiser. Il en profita à nouveau pour forcer la barrière de sa bouche avant de lui redonner plusieurs baisers forts éloquents. Dans ce moment d'émotions intenses, ils finirent par se délacer totalement en se tenant juste le bout des doigts. Il était temps pour eux de retourner dans la salle à manger.

Lorsqu'ils y pénétrèrent à nouveau, tous avaient un regard de connivence en les regardant s'installer côte à côte. Même Piotr ! Mais aucun d'eux ne fit de remarque ou de sous-entendu. Cette idylle était leur avenir, et personne dans cette pièce n'avait l'intention de la leur voler.

Le soir même en se couchant, Sofiya était la mère la plus comblée qui soit au souvenir que Polina allait se marier prochainement avec Vadim. Et de savoir également que Masha avait trouvé l'amour la rassurait totalement, tant elle s'était souciée de son avenir. Mais maintenant que tout était rentré dans l'ordre, elle n'avait plus qu'à faire organiser le mariage de sa fille aînée. Et plus les jours s'écoulaient et plus elle espérait que celui de sa cadette ne tarde plus à être annoncé tant elle avait peur que tout cela ne soit qu'une illusion de bonheur. Ensuite, elle n'aurait plus qu'à reprendre l'écriture et terminer sa romance. D'ailleurs, depuis plusieurs jours, elle y avait consacré bien plus que l'heure quotidienne qu'elle s'accordait habituellement. Elle venait d'y ajouter cinq nouveaux chapitres. Il ne lui restait encore qu'un chapitre ou deux à écrire, et ensuite elle pourrait se tourner vers un éditeur.

Un samedi après-midi, alors que ses deux filles se trouvaient auprès d'elle, tandis que Piotr était allé trouver des amis pour une partie de golf, Sofiya leur annonça son petit secret. Polina avait déjà hâte de lire cette histoire, surtout lorsque sa mère lui indiqua qu'elle s'était inspirée de son personnage pour l'écrire. Masha se sentit fière de sa mère même si une petite moue apparut sur sa jolie bouche. En voyant cette petite mimique, Sofiya ajouta que pour trouver son titre, elle n'avait pu s'empêcher de se servir d'un certain soir d'orage où la foudre avait joué son rôle dans l'histoire d'amour de sa cadette. Masha se sentit toute joyeuse et elle trouva que finalement, en étant une cachotière elle-même, elle ressemblait bien plus à sa mère qu'elle ne se l'était imaginée un jour.

Sofiya avait bien entendu discuté avec son amie Caroline de tout ce qui arrivait dans sa vie et surtout dans celle de ses filles. Caroline lui avait demandé quand elle comptait révéler son secret à Piotr. Sofiya lui avait rétorqué qu'elle n'en avait aucune idée. Cela lui donna d'ailleurs quelques sueurs rien qu'en y réfléchissant.

— *Et si Piotr trouvait cela ridicule...*, songea-t-elle le cœur battant.

Mais Caroline sut finalement la convaincre. Alors après encore quelques jours, Sofiya, au cours d'une discussion avec son époux en profita pour glisser quelques mots sur le fait qu'elle aimait écrire. Piotr avait aussitôt été charmé par son épouse tant elle avait eu les yeux brillants en lui donnant cette si légère explication. Il la trouvait toujours aussi belle et leurs quatorze ans d'écart n'y changeaient rien. Il la désirait toujours comme au premier jour. Il lui montra de l'intérêt pour ses dires et finit par comprendre ce dont il s'était douté dès le début de leur conversation. Mais il voulait l'entendre clairement de sa bouche. Malgré la peur au ventre qu'il ne trouvât pas son écriture à la hauteur, Sofiya se lança dans une explication qui se termina pleine d'entrain et d'enthousiasme. Piotr aimait tant sa femme qu'il était hors de question de lui faire de la peine en lui annonçant qu'il n'avait pas tout compris dans la description de son histoire destinée plutôt à un lectorat féminin. Mais il connaissait assez son épouse pour savoir qu'elle avait glissé dans ses écrits autant de générosité, de rebondissements amoureux et de sensualité qui d'ailleurs, ne lui faisait aucun défaut. Et il restait certain que l'écriture de cette romance serait un succès. Il demanda aussitôt à son majordome de déboucher une bouteille de champagne d'un grand cru afin de fêter cette nouvelle. En se rasseyant sur le sofa à ses côtés, il fixa Sofiya d'un regard brillant. Cette femme était parfaite et surtout elle était *sa* femme. Sofiya était faite pour lui et cela faisait plus de trente ans qu'il l'aimait ainsi !

Épilogue

Lundi 10 octobre 2016

Mesdames Sofiya Leonidov et Karla Volochenko sont heureuses de vous convier au mariage de leurs enfants, Polina & Vadim […]

Le mariage avait été grandiose. Polina était la mariée la plus heureuse au monde et certainement la plus belle aux yeux de Vadim. Les jeunes mariés étaient partis en voyage de noces et avaient passé une merveilleuse lune de miel sur une île lointaine. Le jeune époux avait retrouvé sa joie de vivre et même si la vie ne lui donnait pas la chance d'avoir une descendance, il décida avec son épouse de se tourner vers l'adoption en s'inscrivant sur une liste d'attente de l'association « Jamais sans mon frère ou ma sœur ». Les parents de Vadim, enfin, surtout son père avait fini par accepter le fait qu'il n'aurait jamais de petits-enfants issus de son lignage. Après leur retour et deux mois passés à Paris, l'association les avait contactés. Un frère et une sœur, des faux jumeaux, se retrouvaient orphelins sans aucune famille pour les accueillir. Leurs parents complètement sous l'emprise de la drogue s'étaient entretués. Il n'avait fallu à Vadim et Polina qu'une poignée de secondes pour dire oui. Tous deux s'étaient ensuite rendus dans l'établissement d'accueil et la joie les avait totalement envahis en voyant les deux petits visages de ces enfants à la peau dorée qui n'avaient pas encore atteint l'âge de trois ans. La vie de Polina et de Vadim ainsi que de ces enfants allait considérablement changer. *Le malheur des uns fait souvent le bonheur des autres,* songea Vadim en signant les papiers d'adoption. Les trois semaines d'attentes pour récupérer Adaline et Nicolas allaient leur paraître les plus longues de leur existence. Durant ce temps, madame Volochenko, *mère,* ne put s'empêcher de dire à son fils que si Dieu l'eût voulu stérile, ce n'était que pour sauver ces enfants. Que cela soit véridique ou non, aller à l'encontre des paroles de madame Volochenko parlant de Dieu, c'était comme foncer à deux cents kilomètres à l'heure dans un mur et se dire qu'il n'y aurait aucune casse. Cependant, pour une fois, les paroles de sa mère le réconfortèrent totalement, car elle semblait avoir raison. Alors la douleur que Vadim avait ressentie depuis la connaissance de sa stérilité, disparut comme un nuage s'évaporant sous les rayons d'un soleil ardent.

Un beau matin, Alexandre se regardait dans la glace

avec un sourire heureux. Il ne vivait pas une histoire d'amour, il vivait *l'histoire* de sa vie auprès de Masha. Il l'aimait comme il n'aurait jamais cru un jour pouvoir aimer ainsi une femme. Masha était adorable, joyeuse, pleine de vie et elle s'entendait vraiment très bien avec Cécilia.

Tout en s'installant au volant de son bolide qu'il avait récupéré plusieurs mois auparavant, totalement réparé avec un moteur neuf grâce à la bienveillance de Polina, il songea qu'il était l'homme le plus comblé qui soit, et sa timidité qui lui avait tant gâché la vie durant des années s'était dissipée au contact de Masha. Elle lui faisait faire des choses qu'il n'aurait jamais pensé, une seule fois, faire dans sa vie. Elle lui donnait des ailes et pour elle, il était prêt à tout. D'ailleurs, il lui avait demandé sa main au petit réveil et elle lui avait dit *oui* avec une telle joie qu'ils avaient fait encore l'amour comme chaque matin depuis qu'ils vivaient sous le même toit depuis six longs mois.

La quitter après cette réponse fut très difficile tant il voulait encore la sentir contre lui. Mais Masha lui avait annoncé que c'était pour mieux se retrouver le soir même. Il se rendit à son travail comme chaque matin tandis que Masha se rendait de son côté dans sa petite dépendance qui était, depuis qu'elle vivait chez Alexandre, devenue uniquement son atelier de peinture.

Et d'ailleurs à cette heure-ci, elle aurait dû s'y trouver, mais ce n'était pas le cas…

Alexandre, qui était en train de dessiner un plan tout en pensant à sa future femme, reçut justement un texto de sa part. C'était un émoticon. Juste un émoticon représentant un biberon…

Alexandre ne comprit pas tout de suite ce qu'elle avait voulu dire par là. Puis, soudain, il comprit ! Au même moment, Masha apparut dans l'encadrement de la porte de son bureau avec un sourire qui lui mangeait le visage.

— Non ! s'exclama-t-il avec un large sourire en se relevant précipitamment pour la rejoindre.

— Si ! rétorqua-t-elle en lui sautant dans les bras.

Il la serra si fort qu'elle lui demanda d'être plus tendre, car maintenant, elle portait la vie en elle. Il l'embrassa tendrement l'enlaçant avec toujours autant d'amour. Il ne leur restait plus qu'à annoncer à leurs proches les deux bonnes nouvelles de la journée.

Sofiya fut si heureuse qu'elle appela toutes ses amies et surtout Caroline son amie de longue date. Un second mariage à préparer la comblait totalement. Elle allait pouvoir s'y atteler entièrement, car elle avait fini d'écrire sa romance. Après plusieurs longs échanges avec un éditeur, elle venait de signer un contrat chez *Les Romanciales*. Son manuscrit se trouvait fin prêt pour une distribution au grand public. Elle n'avait plus qu'une seule hâte maintenant, c'était de savoir quand celui-ci se retrouverait enfin sous la forme d'un livre papier…

— Allo, Sofiya ! C'est Caroline !

— Oh, Caroline ! Je suis si contente de t'entendre !

— Tu ne devineras jamais où je me trouve, ma chère amie et, surtout, ce que je tiens dans ma main gauche !

— Effectivement, je n'en ai aucune idée, mais je sens que tu meurs d'envie de me le dire...

— Je me trouve *Au Plaisir de Lire* et je tiens un livre qui porte le titre « Autant en emporte la foudre » par Sofiya Leonidov...

Après un échange très animé par la joie, Sofiya abrégea sa conversation avec Caroline pour la rejoindre au plus tôt dans leur café-librairie préféré. Installées confortablement autour d'une petite table, elles savourèrent un délicieux thé accompagné de petites mignardises sucrées tout en épiloguant sur cette romance. Deux heures plus tard, elles se séparèrent. Caroline retourna chez elle avec, dans son sac à main, le livre « Autant en emporte la foudre » dédicacé par son amie. Elle avait hâte de se pencher dans cette lecture.

Quant à Sofiya, elle était excitée comme une puce en rentrant à Belle-Maison. C'était sa première dédicace et celle-ci lui donnait déjà le vertige. Elle se rendit dans son petit boudoir en conservant son adorable sourire, celui que Piotr aimait tant. Elle ouvrit son ordinateur portable avec le bout des doigts qui la démangeait grandement tant elle se trouvait impatiente d'écrire la toute nouvelle histoire qu'elle avait déjà en tête. Et maintenant qu'elle n'avait plus à se faire de souci pour ses filles, elle allait pouvoir se plonger avec assiduité dans l'écriture.

Un mois après l'annonce de leur union, Masha et Alexandre se marièrent devant le Tout-Puissant, tout en taisant la situation dans laquelle se trouvait Masha afin de n'essuyer aucun refus pour s'unir dans un édifice religieux. Le soir même, ils convolaient en voyage de noces en direction d'une mer ayant la couleur des yeux d'Alexandre et d'un sable blanc rappelant la couleur de la peau de sa jeune épouse. Jamais un jeune couple ne fut si heureux, si bien assorti et, surtout, si amoureux.

Cupidon avait joué de son arc et encore une fois, il avait planté sa flèche d'argent en plein cœur !

Chère Lectrice, Cher Lecteur,

J'espère que vous venez de passer un agréable moment avec mes personnages.

Si tel est le cas, je ne vous remercierai jamais assez de prendre une petite minute pour laisser un **commentaire** sur Amazon ou sur la plateforme d'achat. Ainsi, vous pourrez offrir une plus grande visibilité à cette histoire et donner envie à d'autres lectrices et lecteurs de me lire. Sachez que vos commentaires sont cruciaux pour les auteurs indépendants dont je fais partie.

Je vous communique également mon e-mail lhattie.haniel@gmail.com, si vous aviez le souhait de me faire un retour de lecture plus personnel. Je vous répondrai avec grand plaisir !

Affectueusement,

Lhattie Haniel

RETROUVEZ-MOI SUR :

INSTAGRAM
lhattie_haniel_romanciere

TWITTER
@LhattieH

FACEBOOK
Lhattie Haniel – Page auteur
@Lhattie.Haniel

CARNETS DE NOTES
REGENCY / SWEET / FEEL-GOOD
Collections Lhattie HANIEL en exclusivité sur Amazon

– *Résumés* –

Lady Rose & Miss Darcy, deux cœurs à prendre…
— L'univers étendu d'Orgueil & Préjugés —
Inspiré de l'œuvre de Jane Austen

Résumé

1817, comté du Berkshire — À vingt-deux ans, lady Rose, passionnée de promenades dans la nature et de littérature romantique, ne souhaite pas pour autant modifier sa vie pour convoler en justes noces. Désireuse de conserver sa liberté, elle repousse donc, sans exception, tout prétendant. Pourtant, lorsqu'elle rencontre inopinément lord John Cecil Scott, alors qu'elle se retrouve suspendue à la petite clôture d'un verger, l'arrogance et le manque de bienséance de ce séduisant voisin vont troubler profondément la jeune femme. Elle s'épanchera sur cette rencontre, avec un manque certain de franchise, auprès de son amie d'enfance, Miss Darcy. Cependant, cette proche parente des Darcy de Pemberley a, elle aussi, une chose qu'elle lui tait : son cœur bat en secret pour un jeune homme…

Pour que chaque jour compte, il était une fois…
— *L'univers étendu du RMS Titanic* —

Résumé

1911 — John Crawford et Lee Moore, deux jeunes hommes fortunés, décident de quitter les États-Unis pour se rendre en Angleterre. À bord du RMS Mauretania, Lee retrouve, par le plus grand des hasards, Lady Taylor accompagnée de sa fille, Lady Grace. Malheureusement pour lui, la froideur et le mépris que sa tante lui porte depuis sa plus tendre enfance n'ont pas faibli, tandis que sa jeune cousine n'a aucune idée des liens de cousinage qui les unissent. C'est ainsi que préférant fuir la compagnie déplaisante de ces dames, John et Lee, lors d'une sortie nocturne sur le pont-promenade, vont tomber sous le charme de Julia et Hattie Allen, deux sœurs de petite condition. Bien que décidés à leur faire la cour, les deux hommes perdront finalement leurs traces dès leur arrivée à Londres. Pourtant, John est décidé coûte que coûte à retrouver la belle Hattie. Mais c'est sans compter sur Lady Vivian, une Anglaise qui a jeté son dévolu sur lui et qui compte bien l'épouser, même contre son gré !

Un Accord Incongru !

Résumé

1810 — Miss Dolly Green était anéantie par la demande du vieux duc. Ce marché, bien qu'incroyablement culotté, était peut-être le seul moyen pour elle de survivre. Elle venait de perdre son petit domaine et n'avait plus que sa beauté pour elle. Elle n'avait donc plus les moyens de rêver. Le bel Anton ne serait plus, à jamais, qu'un souvenir qu'elle pourrait chérir en secret…

Violet Templeton, une lady chapardeuse

Résumé

1899 — Depuis sa plus tendre enfance, lady Violet a un petit défaut en plus de son caractère tempétueux : le chapardage ! En grandissant — bien que ne manquant de rien —, elle reste une véritable cleptomane qui ne peut s'empêcher de fouiner et de prendre tout objet qui lui tombe sous la main. Ce qui est bien pis, c'est qu'elle ne s'en rend compte qu'une fois son forfait *accompli* ! Et voilà que par deux fois, à dix ans d'intervalle, elle se fait attraper par le même homme en train de chaparder un objet chez lui ! Après un corps à corps surprenant pour leur âge, lord Edward lui susurre, d'une tonalité menaçante, ceci :

— Je vous laisse dix secondes, Milady, pour remettre en place ce que vous avez pris. Passé ce délai, il sera trop tard pour vous...

Le Mystérieux Secret de Jane Austen
— Inspiré de la vie de la romancière Jane Austen —
Biographie romancée

Résumé

1775, Steventon — Écoutez… Entendez-vous le tic-tac de l'horloge du grand salon qui se fait entendre ? Moi aussi je l'entends dans un bruit sourd avant que maman pousse un dernier cri sauvage qui couvre ce petit bruit. Silencieusement, je prends de l'air dans mes poumons, puis je crie. J'apparais enfin à la vie et l'on me nomme tout de suite Jane…

Message de l'auteur : Je n'ai pas la prétention d'avoir le fin talent de la très célèbre Jane Austen, mais il me tenait à cœur de vous raconter cette histoire poussée par mon admiration pour les écrits et par la vie de cette grande romancière anglaise. Au fil des pages, vous serez certainement saisie par les émotions en parcourant les premières années de sa vie et de celles de son écriture. Cependant, attendez-vous à être surpris par la mystérieuse romance qui s'est animée sous le sceau de ma plume. Il se pourrait même que vous ne vous en remettiez jamais ! Et si d'aventure, vous souhaitiez poursuivre cette lecture, il vous faudrait le faire sans soulever le moindre sourcil. Alors, peut-être qu'il vous sera dévoilé l'un des mystérieux secrets de Jane Austen : pourquoi ne fut-elle fiancée qu'une seule nuit à Harris Bigg-Wither ? Et seule cette histoire saurait vous le dire…

Saint Mary's Bay
— Les Jardins des Secrets —
Volume 1

Résumé

1897 — Ambrosia, cadette de la famille des Keighley, mène une vie tranquille à Maison Beauchamp tout en n'aspirant qu'à faire des promenades dans la forêt et à chasser papillons et autres insectes comme son grand-père le lui a enseigné dès lors qu'elle sût marcher. Mais le décès de son petit frère Edgar va plonger sa famille dans le besoin, ce qui n'arrange en rien les affaires de son père, Sir Humphrey, joueur invétéré et dépensier notoire auprès des gourgandines. Afin de récupérer de quoi poursuivre son train de vie dispendieux, il concède dans les liens du mariage sa cadette, sans qu'elle puisse y redire quoi que ce soit. Pourtant, toute jeune femme devrait se sentir flattée d'être ainsi distinguée par un homme si fortuné. Oui, certes ! Si Lord Greggson, comte de Langford, n'était pas son aîné de plus de cinquante ans ! Seulement, voilà ! À seize ans, une jeune fille rêve plutôt de rencontrer le prince charmant…

Saint Mary's Bay
— *Les Jardins des Secrets* —
Volume 2

Résumé

1902 — Un départ précipité de l'Amérique pour l'Angleterre avait fini par faire basculer à nouveau le destin de la jeune veuve Greggson, alors qu'elle venait de rencontrer le beau Dorian Valentyne. De retour au manoir familial, Ambrosia y avait retrouvé sa sœur aînée Edwina, à l'homosexualité cachée et aux secrets inavoués, lui vouant toujours une très grande haine. Mais heureusement pour Ambrosia, elle y avait retrouvé aussi son adorable mère, son affectueux grand-père, de divertissantes harpies, toutes aristocrates, ainsi qu'une ribambelle de domestiques, sans oublier sa divertissante marraine qui l'avait accompagnée. Les mois s'écoulent alors plus ou moins agréablement, malgré son vague à l'âme, jusqu'au jour où un grand nombre d'invités est attendu au manoir pour une chasse à courre. Bien qu'Ambrosia soit nouvellement fiancée au jeune médecin du village qui ne songe qu'à mettre la main sur sa fortune, l'un des invités ne la laisse pourtant pas si indifférente que cela…

20 Secondes de Courage

Résumé

Paris — C'est lors d'une dispute qui les divise dans leur enfance que Polina Leonidov et Vadim Volochenko tombent éperdument amoureux l'un de l'autre. Les années s'écoulent voyant ainsi leur amour s'élever, toutefois dans le plus grand secret, car leurs cercles familiaux résident dans des milieux fort différents. Malencontreusement pour eux deux, Piotr Leonidov mis au parfum de leur idylle s'y oppose implacablement, jugeant le jeune homme de petit arriviste. Ne laissant aucun choix à sa fille aînée, il lui impose des fiançailles avec l'un de ses associés, M. Levkine, un homme bien plus âgé qu'elle et appartenant à son milieu, s'assurant ainsi d'éloigner pour toujours le jeune Vadim. Le cœur aussi brisé que sa belle d'apprendre leur union prochaine, Vadim quitte aussitôt le pays et coupe les ponts avec tout le monde, même avec ses propres parents. Mais après plusieurs années d'absence, Vadim revient finalement en France et apprend par sa mère que Polina, la seule femme qu'il a toujours aimée, n'a pas épousé M. Levkine. Seulement, voilà ! Vadim n'est clairement plus libre, car il est *totalement, fermement, officiellement* marié avec Moïsha, une belle infirmière…

Victoria Hall
— *Volume 1* —

Résumé

1894 — Retirées aux bras de leur mère dès leur plus jeune âge pour être enfermées au pensionnat Saint George à Londres par un père à l'infidélité aussi grande que l'était sa beauté, Rebecca et Sarah Wheeler n'eurent plus qu'à compter l'une sur l'autre au fil des ans. Puis, un accident familial les plongea plus encore dans leur tristesse tandis que leur père quittait l'Angleterre pour l'Australie sans un regard pour elles. Débarrassé ainsi de ses filles et de Victoria Hall, la demeure ancestrale de sa défunte épouse, Lord Wheeler n'avait plus qu'à profiter seul de son immense fortune. Mais de nouveaux drames changèrent la donne et, alors que la Grande Guerre se propageait plus encore dans le Monde, Rebecca et Sarah ressortirent du pensionnat pour se rendre en Australie, chercher leur héritage. Plus belles et plus vaillantes que jamais, elles étaient si proches de leur rêve qu'elles n'avaient plus qu'à l'empoigner. Mais sur cette nouvelle terre sauvage, une surprise de taille les attendait : un demi-frère et une nouvelle mère, mais également aussi l'amour et la mort si elles n'y prenaient pas garde…

Victoria Hall
— *Volume 2* —

Résumé

1917 — Si leur voyage en Australie n'avait pas trouvé écho à leur rêve, leur venue à Saint Mary's Bay avait au moins offert à Rebecca et Sarah une merveilleuse famille. Sarah paraissait se remettre peu à peu de la mauvaise nouvelle du front qui lui était parvenue et pour laquelle elle avait attenté à sa vie. Si cela semblait être son cas, celui de Rebecca en était tout autre. La jeune femme n'arrivait pas à oublier Charles Macquarie, le bel Australien qu'elle avait quitté sur le quai de Darwin. Le destin les avait frappées, chacune d'elles à sa façon, et l'espoir leur semblait aujourd'hui tout juste permis. Peut-être qu'un retour à Victoria Hall, la demeure de leurs ancêtres, leur permettrait de retrouver cette part de bonheur qu'elles aspiraient tant à avoir toutes les deux…

La fille qui rêve d'avoir la jambe pin-up !

Résumé

2018 — Jeune femme de 25 ans, Meredith n'arrive pas à trouver son équilibre dans sa vie amoureuse depuis qu'elle a vu, à l'âge de 10 ans, Anne Hathaway avoir la jambe pin-up. Elle rêve de ressentir un jour cet effet dans les bras d'un homme. Encore faudrait-il qu'elle puisse en garder un dans sa vie plus d'une semaine ! Alors entre son ex-copain, Leo, et ses deux voisins qu'elle reluque sans vergogne tant ils sont beaux ainsi que son futur petit ami qu'elle n'a pas encore trouvé, sa vie est quelque peu alambiquée. Qui plus est, bien qu'armée d'un BTS marketing, elle travaille comme simple assistante personnelle pour M. Bittoni. Aussi, est-elle passée maître depuis, dans la façon d'esquiver ses mains baladeuses… Et pour couronner le tout, sa colocataire et amie d'enfance, la belle Clothilde, l'agace effroyablement tant sa vie est parfaite ! Cependant, le coup de grâce lui est porté par le retour soudain de Cédric dans sa vie, un ami de Fac avec qui elle s'entend comme chien et chat, et qui enchaîne les conquêtes à la pelle. Surtout lorsque celui-ci décide de l'embrasser sans qu'elle s'y attende. Et pour ne rien arranger, sa mère, inquiète par les sautes d'humeur de sa fille, lui envoie une dizaine de textos par jour, que Meredith s'oblige à ignorer. De quoi être au bout de sa vie !

Berthe, 27 ans, 1m57, 50 kilos,
rêve de rencontrer le Prince Charmant
(au rayon patates-aubergines !)

Résumé

Berthe, 27 ans, 1m57, 50 kilos, véritable rousse, et ayant prénommé ses seins *Brad* et *Pitt*, rêvait il y a encore 6 mois de pouvoir afficher le statut "Mariée" sur son Facebook. Finalement, elle se retrouve avec celui de célibataire. 6 mois que Simon l'a quittée pour une blonde aux jambes interminables. 6 mois qu'elle se coltine une séance de psy par semaine pour s'en guérir. 6 mois qu'elle rêve de faire l'amour. Heureusement pour elle que deux étages au-dessus de son appartement habite sa meilleure amie Caroline, aux goûts sexuels éclectiques. Un soir avec Caroline, Berthe refait le monde. Ainsi *reboostée* par les paroles de son amie, elle décide de forcer le destin et de rencontrer l'homme qui lui fera oublier son ex. Mais comme elle travaille dans une maison de retraite, la probabilité d'y rencontrer l'élu est plutôt mince, même en priant la Fée bleue ! Berthe songe qu'elle pourrait alors rencontrer l'élu à la supérette du coin, au rayon patates-aubergines. Un soir après le travail, elle décide de voir si Cupidon a répondu à son appel…

Une amie qui vous veut du bien

Résumé

N'ouvrez ce livre que si vous avez envie de sourire. Non, ce n'est pas une tartine de bonheur, c'est simplement ouvrir des fenêtres pour aérer vos pensées et vous faire profiter de mon soleil ainsi que parfois, de ma vision sur le temps. Non pas celui de mère Nature, mais celui qui fait tic-tac, qui doit vous être précieux et qui vaut bien plus que de l'argent.

Lord Bettany

Résumé

1827, Angleterre — Lord Bettany, riche héritier au tempérament fier et arrogant, a la chance de connaître le bonheur pour le perdre quelques mois plus tard. Malgré son veuvage et un nouveau-né sur les bras prénommé Gabriel, il reste inconditionnellement fermé au monde extérieur et, surtout, à toute attention féminine. Cependant, en grandissant, Gabriel a plus la tête sur les épaules qu'un adulte et une aisance du contact que son père n'aura jamais. Aussi, lorsque cet enfant accompagne ce dernier et sa grand-mère maternelle en voyage de plaisance à Bath, il n'a aucun mal à se lier d'amitié avec la belle Daphne rencontrée devant les Thermes. Mais si l'enfant imagine celle-ci pouvoir faire le bonheur de son père tout en se faisant une place dans son cœur telle la mère qu'il n'a jamais connue, lord Bettany est loin d'avoir le même jugement que sa descendance…

KEEP CALM & ne tombe pas amoureuse de ton boss
(existe aussi en Audio)

Résumé

(Elle est dans la lune la plupart du temps)
Ah, ma bonne dame ! Si l'on m'avait dit tout ce qui allait m'arriver avant mon premier poil pubien, je me demande si j'aurais pu choisir de ne pas naître ! Et ce n'est pas tant que mon père nous ait quittées, ma mère et moi, alors que nous n'étions pas encore sorties de la maternité. Non, non, mon géniteur n'était pas mort, pensez donc ! Il avait simplement décidé que l'on ne ferait pas partie de sa vie. Alors, comment croire à toutes ces histoires de princes charmants que ma chère mère me contait avant de mourir un mercredi ? Sérieux ! Un mercredi ! J'avais douze ans et l'on m'avait toujours assuré que le mercredi, c'était le jour des enfants ! Tu parles ! Ça aussi c'était un beau mensonge… Et puis grandir chez ma tante maternelle n'était pas ce qu'il y avait de mieux pour me prouver que le prince charmant existe. Eh oui, tata Jenny est lesbienne et moi, les foufounes, eh bien ce n'est pas mon truc ! Tiens, je me demande si j'ai bien fait de m'inscrire sur Tinder…

(Lui a de nombreux secrets)
Ma vie professionnelle comme ma vie personnelle sont réglées comme du papier à musique. Je maîtrise tout et rien ne peut me faire dévier de ma route, même cette rencontre faite dans l'ascenseur…

À propos de l'auteur

Lhattie Haniel est une romancière française et son genre de prédilection est la romance historique à l'anglo-saxonne, avec une incursion dans la romance contemporaine et tout dernièrement, dans la comédie romantique.

C'est à quarante ans et des poussières d'étoiles dans les yeux, qu'elle laisse sa fantaisie et son imagination s'exprimer. Celles-ci la transportent vers le monde de *Jane Austen*. Sa première romance publiée sous le titre *Lady Rose & Miss Darcy, deux cœurs à prendre...* se passe en effet dans l'univers étendu d'*Orgueil et Préjugés*. À partir de là, *Lhattie Haniel* ne reposera plus jamais sa plume et a déjà à son actif, plus d'une quinzaine de titres publiés !